मृतात्मा का गीत

मृतात्मा का गीत

हायाशी फुमिको
साता इनेको
आबे कोबो

अनुवाद और चयन

उनीता सच्चिदानन्द

राजकमल प्रकाशन

ISBN : 978-81-267-0614-3

मूल्य : ₹395

पहला संस्करण : 2002
पहली आवृत्ति : 2023

प्रकाशक : राजकमल प्रकाशन प्रा.लि.
1-बी, नेताजी सुभाष मार्ग, दरियागंज
नई दिल्ली-110 002
शाखाएँ : अशोक राजपथ, साइंस कॉलेज के सामने, पटना-800 006
पहली मंज़िल, दरबारी बिल्डिंग, महात्मा गांधी मार्ग, प्रयागराज-211 001
वेबसाइट : www.rajkamalprakashan.com
ई-मेल : info@rajkamalprakashan.com

मुद्रक : बी.के. ऑफसेट
नवीन शाहदरा, दिल्ली-110 032

MIRTAATMA KA GEET
Selected & Translated by Unita Sachidanand

राजेन्द्र भाई जी को
सादर समर्पित

दो शब्द

भारत और जापान के राजनयिक सम्बन्ध की इस स्वर्ण जयन्ती वर्ष में जापानी लोक साहित्य, बाल तथा आधुनिक साहित्य की इस श्रृंखला को भारतीय पाठकों को समर्पित करते हुए मुझे अपार हर्ष हो रहा है। इस श्रृंखला में 12 पुस्तकें प्रकाशित हो रही हैं। इनमें से दो पुस्तकें जापानी लोक कथाओं और तीन जापान के विशिष्ट बाल कथाकारों की चुनिंदा रचनाओं से सम्बन्ध रखती हैं।

इन पुस्तकों में मैंने नीइमी नानकिचि, हामादा हिरोसुके, त्सुबोता जोजी, मुशानोकोजी सानेआत्सु, ओगावा मिमेई और शिमाजाकी तोसोन जैसे दिग्गजों की रचनाओं को सम्मिलित किया है। दो और पुस्तकें अग्रणी समकालीन कथाकार ओका शूजो की बहुचर्चित पुस्तक 'बोकु नो ओनेसान' का अनुवाद है जिसे मैंने जापान की श्रीमती योशिको ओकागुची के साथ मिलकर सम्पन्न किया है।

आधुनिक एवं समकालीन जापानी साहित्य का अवलोकन अन्य पाँच संकलनों में आयोजित करने की चेष्टा की गई है। इनमें जहाँ कावाबाता यासुनारी की 'हथेली-भर कहानियाँ' हैं वहीं मियाजावा केन्जी, आवा नावाको और ओगावा मिमेई की फंतासी, आकुतागावा र्‌यूनोसुके का व्यंग्य, शिगा नाओया, आरिशिमा ताकेओ व मात्सुतानी मियोको की भावपूर्ण संवेदनात्मक रचनाएँ भी हैं।

जापान के आर्थिक और सामाजिक विकास की यात्रा, द्वितीय विश्व महायुद्ध के विध्वंसक परिणामों तथा पूँजीवादी प्रौद्योगिकीकरण से प्रभावित सामाजिक और आर्थिक हलचलों को संबोधित करते आबे कोबो, साता इनेको तथा हायाशी फुमिको की रचनाएँ एक अलग ही पहलू से हमारा साक्षात्कार कराएँगी। बारहवीं पुस्तक आधुनिक जापानी साहित्य और साहित्यकारों से भारतीय पाठकों का परिचय कराएँगी। उम्मीद है कि इन पुस्तकों के जरिएं जापानी साहित्य की एक लघु यात्रा पाठकों को पसंद आएगी। पिछले पाँच वर्षों से मैं इस कार्य के सम्पादन में प्रयत्नशील रही हूँ। इस कोशिश में मेरा

हौसला बढ़ाते और हर पल सहयोग करते मेरे कई मित्रों का महत्त्वपूर्ण योगदान रहा है।

सर्वप्रथम मैं भारत में जापान के राजदूत श्री हिरोशी हीराबायाशी के प्रति अपना आभार प्रकट करना चाहती हूँ जिन्होंने इस कार्य के लिए मुझे प्रोत्साहित किया। जापान की संस्कृति व सूचना केन्द्र के निदेशक श्री मिनेमुरा, राजदूत के विशिष्ट अधिकारी कु. हिरोमी सातो और श्री शिनसुके जो स्वयं बखूबी हिन्दी भाषा और साहित्य की अच्छी जानकारी रखते हैं; जापान फाउण्डेशन के निदेशक श्री फुकाज़ावा एवं उपनिदेशक कोजी सातो का मैं धन्यवाद करना चाहूँगी जिनका सहयोग मुझे लगातार मिलता रहा।

इन पुस्तकों की पाण्डुलिपि की तैयारी के दौरान राजकमल प्रकाशन के श्री उपेन्द्र झा, श्री चेतन क्रान्ति, श्री नरेश कुमार शर्मा, श्री तपस सरकार, आकांक्षा कम्प्यूटर के श्री नारायण एवं जवाहरलाल नेहरू विश्वविद्यालय के पूर्व एशियाई अध्ययन केन्द्र के शोधछात्र श्री संदीप कु. मिश्र से मिला योगदान अविस्मरणीय है। लेकिन इस यात्रा में राजकमल प्रकाशन के निदेशक श्री अशोक कुमार महेश्वरी का एक अभूतपूर्व योगदान है जिसकी वजह से मेरी मेहनत सफल हो पाई है।

अंत में, मैं अपने पति डा. सच्चिदानन्द सिन्हा, पुत्री वरुणी और पुत्र सोहम के प्रति अपना आभार प्रकट करना चाहूँगी, जिन्होंने विगत पाँच वर्षों के दौरान मुझे न सिर्फ़ उपयुक्त माहौल प्रदान किया बल्कि घर-परिवार की जिम्मेदारी में मेरा हाथ बँटाया। उनके धैर्य के अनन्त भण्डार के बगैर यह कार्य मैं कदापि संपादित नहीं कर पाती।

उनीता सच्चिदानन्द

चीनी व जापानी अध्ययन विभाग

दिल्ली विश्वविद्यालय

दिल्ली

FOREWORD

Inquisitiveness has always been a basic human trait, with mankind constantly seeking to learn more and more about other civilizations and cultures. Each nation has its own unique culture and way of living, about which people in other countries are always curious to know. Literature is the medium that provides a window to other societies, by helping us to understand their thoughts and aspirations. But, sometimes difference in language acts as a barrier in this task. It is here that the significance of literary translations comes to the fore. Literary translations have performed an important role of promoting global cultural interaction since times immemorial, and will continue to do so in the future as well.

The year 2002 make the 50th anniversaıy of diplomatic relations between Japan and India, which were established in April 1952. These fifty years have seen our relationship grow into a multi-dimensional one, covering a diverse range of areas such as political, economic, defence, art and culture, etc. Today, the ties between Japan and India are deeper and larger than ever before, based on mutual understanding and respect for each other. While the past fifty years have been positive and productive, we would like the next fifty years to be more so, and look forward to fruitful and close relations between our two peoples in the coming decades.

Dr. Unita Sachidanand has played a significant role in the promotion of mutual understanding between the people of our two countries. Having dedicated herself to the cause of strengthening the ties between our two countries through mutual appreciation of literature, she has once again undertaken the commendable initiative of introducing Japanese literature to Indian readers in Hindi. In 1998, she has brought out three volumes of translated Japanese literature. This time, she brings out a set of twelve tiles to commemorate the Golden Jubilee of Japan-India Diplomatic Relations. These books cover a wide variety of Japanese literary genre — from folk tales to modern fantasies, satire, children's stories, and mainstream literature written by some of the finest Japanese writers of all times. She also records two narratives presented by the *katari*, be the tradition Japanese storytellers.

Her selection is truly impressive and covers a wide spectrum of Japanese literature. In her collection, she has picked up representative stores from different periods in such a manner that they take the reader through a comprehensive literary journey of Japan. The first book contains some of the everlasting folk tales representing legends, myths and beliefs of Japan. These have been retold by the author in an absorbing style that would be liked by readers of all ages. The next three books carry an assortment of children's sotries specially written by some of the greatest literary craftsmen of Japan, such as Niimi Nankichi, Hamada Hirosuke, Shimazaki Toson, Mushanokoji Saneastsu, Tsubota Joji and Matsutani Miyoko. Though most of these authors belong to the mainstream of Japanese literature, the present selection includes those stores that these great writers have crafted specially for children. Japanese children virtually grow up with these stories, as some of these also find a place in most school textbooks in Japan.

I am particularly touched by the six stories by one of the contemporary Japanese authors, Oka Shuzo, profiling the life of the mentally and physically challenged persons. The compassion presented in these stories is a befitting tribute to the cause of such differently gifted persons. This book has received several awards such as the Akai Tori Award, Niimi Nankichi Award and Tsubota Joji Award, and has also been produced as a motion picture. This book is being brought out by Dr. Sachidanand in collaboration with Ms. Yoshiko Okaguchi of Japan, highlighting the need for such collaborative initiatives in this Golden Jubilee Year of Japan-India Friendship.

The collections included in two of the twelve titles have been largely devoted to fantasies created by Ogawa Mimei, Miyazawa Kenji and Awa Naoko. Four of the titles represent mainstream Japanese literature immaculately selected from the writings of influential authors such as Shiga Naoya, Akutagawa Ryunosuke, Arishima Takeo, Sata Ineko, Abe Kobo, Hayashi Fumiko, Matsutani Miyoko and last but not the least, an interesting collection of what is often referred to as the 'palm-sized stories' of Kawabata Yasunari, the first Japanese Noble laureate in literature. This volume of Kawabata's short stories has been translated by the students of Japanese literature in the University of Delhi, where Dr. Sachidanand teaches. I find it truly heart-warming that the translators and the editor have dedicated these stories to the long life of Japan-India Friendship in the true spirit and character of the 'palm-sized stories'. I congratulate the young scholars of Japanese language and literature for their commendable gesture.

In order to help the Indian readers appreciate the collection presented in these multi-volume anthologies of Japanese literature, Dr. Sachidanand aptly adds the twelfth one, which presents a lucid and comprehensive history of modern Japanese literature and its notable contributors. It is praiseworthy to note that the author traverses the entire gamut of Japanese literature from the Meiji period onwards, covering the contemporary trends in Japanese literature as well. She devotes a separate chapter highlighting the contribution of women authors in Japan.

I have great appreciation and admiration for all the efforts taken by Dr. Unita Sachidanand in preparation of these books, and would like to congratulate her and the publisher, Rajkamal Prakashan, for accomplishing such a magnificent task in this Golden Jubilee Year of Japan-India Diplomatic Relationship. I wish the author and the publisher an outstanding success in their current as well as future endeavours.

Hiroshi Hirabayashi
Ambassador of Japan to India

क्रम

हायाशी फुमिको

(1903-1951)

आधुनिक जापानी साहित्य की चुनिन्दा महिला साहित्यकारों में हायाशी फुमिको का नाम बड़े सम्मान से लिया जाता है। इनका जन्म सन् 1903 में यामागुची प्रांत के एक गाँव शिमोनोसेकी शितानाकामाची में हुआ। सन् 1910 में प्रतिकूल परिस्थितियों के कारण इनकी माँ को अपने पति का घर छोड़ना पड़ा। माँ किकू और फुमिको सावाइकि साबुरो के घर रहने लगीं।

फुमिको की प्रारंभिक पढ़ाई नागासाकी में हुई। पिता का व्यवसाय एक जगह स्थिर न था। वे फेरी लगाया करते थे। इस तरह फुमिको का परिवार लगभग खानाबदोश की जिन्दगी जी रहा था। यही कारण था कि फुमिको एक ही स्कूल में एक लम्बी अवधि तक नहीं पढ़ पाईं। गरीबी और पिताजी की खानाबदोश जिन्दगी के कारण कई कठिनाइयों का सामना करना पड़ा। जिन्दगी के अपने इन अनुभवों का जिक्र इन्होंने लगभग अपनी समस्या रचनाओं में कमोबेश किया है।

'फूकिन तो उओ नो माची' में भी हायाशी फुमिको ने अपनी ऐसी ही जिन्दगी की कहानी कही है। उस वक्त उनकी उम्र तेरह साल थी। अपने माता-पिता के साथ जब ये ओनो-मिचि में रहने लगीं तो इन्होंने यहीं के प्राइमरी स्कूल में दाखिला भी ले लिया। ओनो-मिचि में बिताये दिनों ने हायाशी फुमिको को एक सफल लेखिका बनाने में काफी अह्म भूमिका निभाई। अध्यापक कोबायाशी की छत्रछाया में इनका रुझान साहित्य की ओर हुआ। इसी दौरान लाइब्रेरी में बैठकर इन्होंने तमाम किताबें पढ़ीं। इन्होंने विदेशी साहित्य भी खूब पढ़ा। खास तौर पर, रूसी, जर्मन और अंग्रेजी साहित्य।

फुमिको ने बहुत जटिल परिस्थितियों में शिक्षा ग्रहण की। खासकर उस वक्त जब लड़कियों के लिए शिक्षा प्राप्त करना बहुत मुश्किल था; परन्तु

इनकी माँ किकू ने इनकी पढ़ाई में केवल रूचि ही नहीं ली बल्कि पढ़ाई जारी रखने में भी फ़ुमिको की काफी मदद की। अनपढ़ किकू शिक्षा के महत्व को बखूबी समझती थी और अपनी एकमात्र संतान को इससे वंचित नहीं रखना चाहती थी। पढ़ाई के खर्चे के लिए अक्सर फुमिको को काम भी करना पड़ा - कभी कारखाने में तो कभी कैफेटेरिया में।

अभी ये छोटी ही उम्र की थीं कि इन्होंने एक कवि इमाई तोकुसाबुरो के संरक्षण में कविताएँ लिखनी शुरू कर दीं। सन् 1921 में इन्होंने 'आकीनुमा योको' नाम से सानयो निचि शिम्बुन में कविताएँ छपवाईं। सन् 1924 में कवि तोमोतानी शिजुए के साथ 'फुतारी' पत्रिका में अपनी रचनाएँ प्रकाशित कीं।

इसी दौरान इनकी मुलाकात एक सुप्रसिद्ध लेखिका हीराबायाशी ताइको से हुई और कुछ समय तक ये दोनों लेखिकाएँ साथ रहने लगीं। सन् 1926 में चित्रकार जुकार्योकु किन से इनका विवाह हुआ।

इनकी सुप्रसिद्ध रचना 'होरोकी' उपन्यास न होकर एक डायरी है, जिसमें इन्होंने अपनी भ्रमण-भरी जिंदगी के संस्मरण लिखे हैं। सन् 1928 में 'होरोकी' का एक हिस्सा 'आकी गा कितान्दा' (शरद ऋतु आ गई।) को 'न्योनिन गेइजुत्सु' में छापने से जापानी साहित्य की दुनिया (बुनदान) में इनकी पहचान बनी। सन् 1930 में इसी रचना को काइजोशा ने प्रकाशित किया। फलस्वरूप इनकी यह पुस्तक इतनी बिकी कि सिर्फ एक किताब की रायल्टी से फुमिको चीन की यात्रा कर पाईं।

इनकी अन्य प्रमुख रचनाएँ 'नाकी मुशी कोजो' (1934), और 'उकीगुमो' (1951) हैं। सन् 1949 में 'होरोकी' के ऊपर इन्हें दाइसानकाई जोर्यू बुन्गाकुशो पुरस्कार से नवाज़ा गया।

जब ये अपनी लेखन-जिन्दगी के चरमोत्कर्ष पर थीं कि सन् 1951 में जापान की इस प्रतिभाशाली लेखिका का अचानक निधन हो गया।

अकॉर्डियन

मूल शीर्षक : फूकिन तो उओ नो माची, 1931
स्रोत : शोनेन शो जो निहोन बुनगाकुकान
11, कोदांशा, 1986, पृष्ठ 131-172

पिताजी अकॉर्डियन बजाने में माहिर थे। संगीत के प्रति मेरी रुचि पिताजी के इस अकॉर्डियन से शुरू होती है।

हम लोग लम्बे समय से हिचकोले खाते इस रेलगाड़ी में बैठे-बैठे ऊब चुके थे। मैं केला खा रही थी, और मां की आंखें बौद्ध-धर्म के सूत्रों को पढ़ते हुए भर आई थीं।

''मैंने स्वयं को तुम्हारे हवाले कर दिया है। शायद यही कारण है कि मुझे इतनी तकलीफ झेलनी पड़ रही है।'' माँ कुछ ऐसी ही बातें कह रही थी।

पिताजी सफेद कपड़े में बँधे अकॉर्डियन को कभी-कभी कूल्हे से दबाते हुए, बिलकुल चूरा हो गए तम्बाकू की चिलम पी रहे थे।

हमारे पूरे परिवार का ऐसा लम्बा सफर अक्सर होता था। पिताजी आँखें बन्द कर नम्रता से माँ से कुछ बातें कर रहे थे। शायद कह रहे थे, ''जरा सब्र करो।''

दूर-दूर तक फैली लहरों के साथ-साथ रेलगाड़ी रेंगती रही। निश्चल समुद्र और आकाश से लटके बादलों का दृश्य मुझ जैसी चौदह साल

की बालिका की आँखों में दीवार की तरह झलका। बसंत के इस समुद्र को घेरे इस शहर में जापान के अनगिनत ध्वज फहरा रहे थे। पिताजी जो पलकें बंद किए हुए थे, लाल ध्वजों को देख फुर्ती से उठकर खिड़की से गर्दन बाहर निकाले और इधर-उधर देखने लगे।

"इस शहर में कोई उत्सव लगता है। नीचे उतरकर देखें क्या?" सूत्रों की किताब को झोले में बंद करते हुए माँ भी उठ खड़ी हुई।

"सचमुच बहुत सुन्दर शहर है। अभी धूप भी निकली हुई है। यहाँ उतर कर कम से कम खाने के पैसे तो कमा लो।"

हम तीनों अपना-अपना सामान कंधे पर उठाए राष्ट्रीय ध्वज से लहलहाते इस तटीय शहर में उतरे।

स्टेशन के सामने एक सफेद विलो का बड़ा पेड़ था, जिस पर कलियाँ निकली हुईं थीं। उस पेड़ के दूसरी ओर दो-तीन सराय थीं जिनकी दीवारें धुएँ से मैली हो गई थीं।

शहर के ऊपर कपास जैसा भव्य बादल तैर रहा था और मछलियों के चित्र बने साइनबोर्ड भी काफी थे।

अभी हम समुद्र तट के रास्ते से गुज़र रहे थे कि एक घर से, जिस पर मछलियों के चित्र का साइनबोर्ड लगा था, 'स्यूं-स्यूं' सीटी बजने की आवाज सुनाई दी। इस आवाज से शायद पिताजी को पीठ पर लटकाया अकॉर्डियन याद आ गया। उन्होंने उसे झोले से निकालकर कंधे से लटकाया। पिताजी का यह अकॉर्डियन काफी पुराने ढंग का था जिसमें कंधे से लटकाने के लिए बेल्ट भी लगी हुई थी।

"अभी मत बजाओ।"

नया शहर था। शायद, इसीलिए माँ झिझक रही थी और उसने पिताजी के हाथ थाम लिए।

सीटी बजने वाले घर तक आए तो शल्कों से सने नौजवान सीटी की लय के साथ मछली की हड्डियों को कूट रहे थे। साइनबोर्ड पर बनी मछली एक समुद्री मछली थी, जिसके गलफड़ों में हरे बाँस की पत्तियाँ फँसी थीं। थोड़ी देर हम उन नौजवानों के मजेदार ढंग से मछली का पेस्ट बनाते हाथों की करामात को मंत्र-मुग्ध हो देखते रहे।

"भाई साहब, जरा यह बताइए कि क्या यहाँ कोई खास बात है जो

ये ध्वज लगाए गए हैं?''

हड्डियों को कूटना रोक लाल आँखों वाले उस व्यक्ति ने झुँझलाहट के साथ मुड़ते हुए कहा, ''नगर प्रमुख आए हुए हैं!''

''अच्छा! इसीलिए इतना शोरगुल है!''

हम लोग फिर आगे बढ़ गए।

समुद्र तट पर कई छोटे-छोटे घाट थे।

समुद्र के दूसरी ओर नदी की तरह खूबसूरत और सपाट एक द्वीप था। द्वीप के ऊपर अपने सफेद फूल बिखेरे बहुत-से पेड़ दिख रहे थे। उन पेड़ों के नीचे गाय जैसी कोई चीज आहिस्ता-आहिस्ता चल रही थी।

[2]

बेहद सुहावना नजारा है। मैंने कमलकंद का तेम्पुरा[1] खरीदा जिसके छिद्रों में राई का चूर्ण पर्याप्त मात्रा में भरा हुआ था। फिर द्वीप को देखते हुए तेम्पुरा को माँ के साथ मिलकर खाया।

''इतनी जल्दी भी क्या है माँ, नहीं बिकेगा तो न सही...''

माँ को शायद तकलीफ हुई। उसने मेरे हाथों को जोर से पकड़ा और खींचती हुई घाट की ओर चलने लगी।

पिताजी मिलिटरी की पोशाक पहने थे, जिसकी कमीज पर पीली धारियाँ कुछ ऐसी बनी थीं, मानो छाती की पसली हों! 'ओइचीनी, ओइचीनी' बजाते हुए शहर को जाती ढलान पर चढ़ते चले गए।

अकॉर्डियन के स्वर माँ के कानों में पड़े तो माँ ने नजरें नीची कर नाक साफ की। मैं चुपचाप तेल चिपकी हथेली को चाटने लगी।

''अरे, अपनी नाक इधर दिखा।''

माँ कॉलर पर लिपटे रुमाल को अपनी छोटी उँगली की नोक पर लपेट मेरी नाक के अंदर घुसाई।

''देख, कितना काला है!'' माँ की छोटी उँगली की नोक पर लिपटा रूमाल का वह हिस्सा काले कुकुरमुत्ते की तरह काला हो गया था।

शहर के ऊपरी हिस्से में प्राइमरी स्कूल था। हवा में गेंहूँ की गंध

---

1. पकौड़ा।

व्याप्त थी।

''बड़ा अच्छा नजारा है यहाँ।''

जूड़े के ऊपर की थोड़ी-सी धूल को रूमाल से झाड़ते हुए आँखें सिकोड़ माँ ने समुद्र की ओर देखा।

मैं कमलकंद के तेम्पुरा को खाकर घाट की सीढ़ियों के ऊपर बने स्टाल में ऑक्टोपस की टाँग तलती बुढ़िया के हाथों को देख रही थी।

''हद कर दी इसने तो ... पेट फटने पर भी पता नहीं चलेगा तुझे!''

''क्या करूँ माँ, ऑक्टोपस की टाँग खाने का मन कर रहा है!''

''क्या कह रही है? माँ - बाप कितने गरीब हैं, यह भी नहीं मालूम तुम्हें?''

हवा के साथ पिताजी का अकॉर्डियन कहीं दूर बजता सुनाई दिया।

''रेलगाड़ी में बैठेंगे तो अच्छी चीजें खिला दूँगी, पर ...''

''नहीं, मैं तो ऑक्टोपस खाना चाहती हूँ।''

''अच्छा, इतना परेशान करना ठीक है क्या? देख, इससे भी पता नहीं चलता क्या तुझे?'' माँ ने लेस लगे धारी वाले पर्स को निकाल मेरी नाक के ऊपर झाड़ा।

माँ की पतली हथेली में जंग लगे दो सेन के दो-तीन लाल सिक्के गिरे।

''सफेद सेन के सिक्के नहीं हैं। यह जान लो कि सफेद सिक्के के बगैर ऑक्टोपस की टाँग नहीं खरीद सकते।''

''लाल सिक्के से नहीं खरीदे गए तब!''

''यह लड़की! इस तरह की चीजें खरीदने की सामर्थ्य माँ-बाप में नहीं है, तब भी अपना पेट भरना चाहती है क्या?''

''नहीं, मुझे कुछ नहीं मालूम... वह टाँग खाना चाहती हूँ...''

माँ ने मेरे सिर पर झट से एक थप्पड़ दे मारा।

स्कूल से लौटने वाले बच्चे नाव का इंतजार कर रहे थे। मुझे मार ख़ाते हुए देख ठहाका मारकर हँस पड़े। नकसीर से खून निकलकर मेरी गर्दन तक बहने लगा। नीले समुद्र के प्रतिबिंब को देखते हुए मेरी आँखों से नमकीन आँसू बह निकले।

''मैं यहाँ से भाग जाना चाहती हूँ।''

''कहीं भी चली जा। तुझ जैसी हठीली को कोई मुँह तक नहीं लगाएगा ...''

''कोई बात नहीं अगर कोई मुँह नहीं लगाता! दूर कहीं अकेले चली जाना चाहती हूँ।''

''तुम्हारा तो केवल मुँह चलता रहना चाहिए। क्या अभी तुमने केला नहीं खाया? कमलकंद नहीं खाया? इतना तो अमीर के बच्चे भी नहीं खाते!''

''अमीर के बच्चे तो हमेशा स्वादिष्ट चीजें खाते हैं। ऐसे सड़े-गले केले खिलाकर क्या एहसान जता रही हो...''

''यह लड़की अब ब्याह करने की उम्र की हो आई, तब भी केवल खाने की बातें करती रहती है।''

''तुमने मेरे माथे पर मारा। देखो, यह खून निकल रहा है...''

माँ झोले से सेलुलॉयड कंघी निकालकर मेरे बालों को बनाने लगी। मेरे घने खुश्क बालों पर जब भी कंघी की जाती, एक अजीब-सी आवाज आती और मेरे खुश्क बाल हवा में उड़ने लगते।

'बालों को क्या बना रखा है! बस, आग लगाने की देर है, सारे बाल जलकर राख हो जाएँगे।''

कंघी के दाँतों को माँ ने माउथ ऑर्गन की तरह मुँह का थूक लगाकर रगड़ा और मेरे माथे पर आए घुँघराले बालों को सँवारने लगी।

''पिताजी का व्यापार चलने दे, सब कुछ खरीद दूँगी ...''

[3]

मैंने अपने कंधे का बोझ नीचे उतरवाया। जामुनी रंग की पोटली के अन्दर मेरी ड्राइंग बुक, वाटर-कलर और सिलाई करने की सामग्री रखी हुई थी।

''जरा जाकर तो देख कि पिताजी केवल अकॉर्डियन ही बजा रहे हैं या कुछ धंधा भी कर रहे हैं?''

मैं पोतघाट से ढलान पर बसे शहर की ओर भागती चली गई। शहर शायद छोटा था इसलिए कुत्ते तक बड़े नज़र आ रहे थे। घर की छतों में टैण्ट हिल रहे थे और चेरी की हेयरपिन लगाए लड़कियाँ झुण्ड में

इधर-उधर आ-जा रही थीं।

"तो जनाब, इस जगह हमारा आना पहली बार हुआ। परन्तु हमारी कम्पनी बिनत्सुके[1] के बदले टोड-मरहम जैसी नकली चीजें बिलकुल नहीं बेचती। हाँ; मेहरबान! XX राजकुमार भी खरीद ले, ऐसा मान बढ़ाने लायक है हमारा सामान। हमारी कंपनी की दवाइयाँ ऐसी-वैसी नहीं हैं कि वे यहाँ भी उपलब्ध हों और वहाँ भी..."

चींटियों की तरह जमघट में घिरे पिताजी काफी मेहनत के साथ अपनी बात कह रहे थे।

मछुआरे की पत्नी ने एक्जिमा की दवा खरीदी तो चेरी की हेयरपिन लगाए लड़की ने सीप के खोल में रखी आँखों की दवा, और सामान उठाने वाले आदमी ने भीतरी चोट की दवा। चमकते और हाथ से घिसे काले बैग के अन्दर से एक जादू की कला की तरह, पिताजी घेरा बनाए लोगों की आँखों के सामने तरह-तरह की दवाइयाँ खोल कर दिखाते जा रहे थे।

अकॉर्डियन लकड़ी के ऊपर लुढ़क रहा था। बच्चे अनोखे अकॉर्डियन की चाबी के साथ खिलवाड़ कर रहे थे।

'बू-बू' की तरह सुरीली आवाज निकलती तो लोगों के कंधे हिलने लगते। फिर बच्चे भी मटर के दानों की तरह उछल-उछलकर हँसते। वहाँ पर अधिकार जमाए अकॉर्डियन के स्वरों को मैं और अधिक न सुन पाई और मैंने लोगों के पैरों को हटा झुण्ड के बीच से रास्ता बनाया।

"हाँ, तो जनाब! गर्भावस्था के दौरान सिर में चक्कर हो तो यह ओइचीनी दवा ही सबसे प्रभावशाली है।"

मैंने लकड़ी के ऊपर झुण्ड बनाए बच्चों को धकेला और अकॉर्डियन को खींच अपने कंधे पर लटका लिया।

"क्या कर रहे हो? यह मेरे घर की चीज है..."

बच्चों ने मेरे लड़कों जैसे छोटे कटे बालों का मजाक उड़ाते हुए कहा, "छोटे कटे बाल, एकदम लड़के जैसे दिखने वाली लड़की!"

पिताजी ने काफी पुरानी मिलिटरी टोपी को थोड़ा ठीक करते हुए पीछे पलटकर मुझे देखा।

---

1. बालों का तेल।

"क्यों अड़चन डाल रही है? फौरन माँ के पास वापस लौट जा!" पिताजी दुःखी मन से बोले।

बच्चों ने फिर से मक्खियों की तरह अकॉर्डियन को चारों ओर से घेरा और सफेद चाबी को दबाने लगे।

मैं लकड़ी के ऊपर ऐसे भागी, जैसे कि रस्सी कूद रही हूँ, और किसी शहर में देखी कलाबाजी करती लड़की की तरह पुट्ठों को मरोड़ा।

"तुम्हारी बेल्ट ढीली हो गई है।" पैरबाँसा को कंधे पर रखे एक लड़के ने मुझे इशारा किया। "सचमुच!"

मैंने ढीली बेल्ट को पेट के ऊपर बाँधा और बाँहों को जाँघ में फँसा फट से पीछे की ओर घूमकर दिखाया।

वह लड़का हँस रहा था।

एक कतार में बने सफेद दीवारों के उर्वरक गोदाम के खाली मैदान में सुइयों की तरह चमकती सुखाई गई मछलियों का ढेर पहाड़ की तरह उभर आया था।

उस मैदान को घेरे एक पंक्ति में नूडूल्स-स्टाल ऐसे लग रहे थे जैसे चिड़ियों की कतार। कुली वहाँ खड़े-खड़े नुडूल्स सटासट सुड़क रहे थे।

स्टालों के शीशे वाले शोकेस के खानों में स्वादिष्ट मठरियाँ, तेम्पुरा इत्यादि खाद्य-चीज़ें रखी हुई थीं। मैं बिना पलक झपके एकटक इन स्वादिष्ट व्यंजनों को शोकेस से टेक लगाए टुकुर-टुकुर देख रही थी। शीशों पर कुहरा फैला था।

"कहाँ की बच्ची हो? यहाँ क्या कर रही हो?" एक औरत ने अपने बच्चे की नाक छिनकते हुए मुझे डाँटा।

[4]

पहाड़ के लाल मन्दिर के बुर्ज पर बत्ती जल गई थी। द्वीप के पीछे कपासी मेघ उमड़ आए थे। मैं गाना गाती हुई बंदरगाह की ओर निकल पड़ी। बंदरगाह में बत्ती जल रही थी। बहँगी पर सामान बेचने वाले लोग पानी जहाज के निचले हिस्से को घेरे ऊँची आवाज में चिल्ला रहे थे।

माँ प्रतीक्षालय की ओर देखती हुई घाट पर रखे सामान पर टेक

लगाए बैठी थी।

"क्यों, देखकर आ गई पिताजी को?"

"हाँ, देखकर आ गई! काफी बिक्री हुई।"

"सचमुच?"

"सचमुच!"

मेरी कमर से जामुनी रंग की गठरी बाँधते हुए माँ काफ़ी खुश नज़र आ रही थी।

"अब मौसम थोड़ा गर्म हो गया है। हवा भी गर्म लग रही है।"

"पेशाब करना है।"

"भला, यह भी पूछने की कोई बात है। वहाँ पर कर ले।"

घाट के नीचे ढेर सारी काई और कचड़न तैर रही थी। काई और कचड़न के नीचे घुसी परछाई की तरह मछलियाँ चुस्ती से इधर-उधर भाग रही थीं। घाट पर वापस लौटी, नाव कबूतर की तरह फूली हुई लग रही थी। उस नाव की जलरेखा तक ज्वार-भाटा उमड़ने लगा था और आसमान में चंद्रमा उदयमान था।

"घोड़े की तरह पेशाब कर रही है क्या?"

"और क्या, बहुत देर से जो रोकी हुई थी।"

लगातार पेशाब होने की वजह से मैं ऊब गई और जोर लगाकर अपनी जाँघों के बीच झाँकते हुए देखा। सफेद भाप निकालते छोटे से पहाड़ के उस ओर आकाश और नाव का उल्टा प्रतिबिम्ब बना हुआ था। इतनी देर तक उकड़ूँ बैठी रही कि गर्दन की हड्डी में दर्द होने लगा।

"क्या कर रही है। गिर जाएगी तो मुझे मत कहना। देखो, पिताजी लौट कर आ रहे हैं।"

"सचमुच?"

"हाँ, सचमुच।"

बदन को सुकून देने वाली शीतल समुद्री हवा बही।

"थक गए क्या?"

माँ इस तरह चिल्लाई तो पिताजी ने रूमाल से मुँह पोंछते हुए घाट की सीढ़ियों के ऊपर से ही हमें पुकारा।

"नूडूल्स नहीं खाओगी क्या?"

मैंने माँ के दोनों हाथ पकड़कर हिलाए।

"खुश हैं पिताजी, ढेर सारा माल बेचे होंगे ..."

हम तीनों ने स्टाल की कुर्सियों पर बैठ नूडूल्स खाए। मेरे कटोरे के अन्दर तीन पकौड़े तैर रहे थे।

"माँ और पिताजी के कटोरे में कोई पकौड़ा क्यों नहीं है?"

"बड़ा शोर कर रही है। बच्चों की तरह चुपचाप..."

मैंने एक पकौड़ा पिताजी के कटोरे में डाला तो पिताजी हँस पड़े। पिताजी ने वह बड़े चाव से खाया।

"बड़ी विचित्र जगह है। दो-तीन दिन यहाँ ठहरना कैसा रहेगा?"

"शरीर से अपंग एक सैनानी ने बताया कि पहले यहाँ अकॉर्डियन बजाने वाला एक फैशनदार व्यक्ति भी रहा करता था।"

"सच! उसे एक-आध बहादुरी के सुर सुना देते तो अच्छा रहता ..."

मैं बचे हुए नूडूल्स के रस और गर्म पानी को धीरे-धीरे हिलाने के बाद बड़ी देर तक चाय की तरह पीती रही।

शहर में बत्तियाँ जल चुकी थीं।

सिर पर चौड़ी टोकरियों को रखकर मछली बेचने वाली औरतें आवाज लगाती हुई जा रही थीं, "ताजी, जिंदा अभी शाम में पकड़ी मछलियाँ ले लो ...... मछलियाँ नहीं चाहिए क्या?"

"यह तो वाकई मजेदार शहर है। रेलगाड़ी से देखने से आभास हुआ था कि यहाँ सिर्फ मन्दिर ही मन्दिर हैं परन्तु यहाँ तो मछुआरे भी अधिक हैं। और हाँ, लगता है, दवाइयाँ भी खूब बिकेंगी!"

"सचमुच तुम्हें विचित्र लगता है क्या?"

पिताजी ने बहुत सारे सफेद सिक्के गिन कर माँ को पकड़ाए।

"ना ...... मैं ऑक्टोपस की टाँग खाना चाहती हूँ।"

"फिर वही बात! पिताजी को गुस्सा आएगा तो अकॉर्डियन समुद्र में फेंक देंगे।"

"फिर से क्या बड़बड़ाने लगी?"

पिताजी छोटी डायरी और पेन्सिल निकाल दवाई के डिब्बे में झाँकते हुए कुछ हिसाब कर रहे थे।

[5]

रात हुई तो पहाड़ पर चेरी देखने आए लोगों की भीड़ अचानक ऐसी बढ़ी, जैसे पतंगों का झुण्ड निकला हो!

हम लोग स्टेशन के पास पटरी के दूसरी ओर बनी एक सराय में इत्मीनान से पेट के बल लेटे हुए थे। बदन पसीने से लथ-पथ था।

"लगता है, इस शहर में काम करने वाले लोग बहुत हैं। चेरी के लिए इतनी भीड़ क्या देखी है कभी कहीं?"

"ये तो पागल हैं। ऐसे अचरज-भरी निगाहों से देख रहे हैं जैसे कभी चेरी को देखा ही न हो!" माँ थैले को खोलते हुए बेफिक्री से हँसते हुए बोली।

"अरे तू भी उठ और यहाँ आकर देख। कितना सुन्दर लग रहा है!" पिताजी ने धब्बेदार खिड़की के पट को खिसकाकर खोला और हौजरी का लम्बा चूड़ीदार पायजामा निकालते हुए मुझे पुकारा।

"मैं तो सुशी[1] खाना चाहती हूँ। मुझे कुछ नहीं देखना ..."

मैंने उठने की भी कोशिश नहीं की। माँ हँस रही थी। जैसे फोड़े निकल आए हों, वैसी चटाई के ऊपर पेट के बल लेट माँ से मैंने किताब निकलवाई और खोलकर ऊँची आवाज में 'रक्षी-रंजन' नामक पाठ के एक भाग को लय के साथ पढ़ना शुरू कर दिया। मुझे ऊँची लय में फर्राटे के साथ पढ़ते सुन शायद माँ को गर्व हुआ होगा। वह बीच-बीच में नम्रता से कहती, "अच्छा, तो यह बात है!"

"किसान भी बिलकुल पागल है। भला कोई इल्ली पर चीनी मिट्टी की चायदानी लटकाता है क्या?"

"इल्ली कीड़ा शायद पेड़ की टहनी से मिलता-जुलता है, इसलिए।"

"कैसा कीड़ा है यह?"

"गाँव में बहुत सारे दिखाई देते हैं।"

"हूँ, काफी लम्बा होगा?"

"रेशम कीट की तरह!"

"पिताजी, सचमुच तुमने देखा है क्या?"

---

1. नमक और खमीर से तैयार की गई मछली। कई प्रकार के खाने जो भात में सिरका मिलाकर तरह-तरह मछलियों, सब्जियों आदि के साथ खाए जाते हैं।

"सचमुच में!"

धब्बों से भरी दीवार पर मुझ जैसे बच्चे की आकृति का प्रतिबिम्ब पड़ रहा था। जब भी हवा चलती, लालटेन की लौ तेज हो जाती।

"बारिश होने वाली है शायद।" कोई यह कहते हुए सड़क से गुजर रहा था।

"ऐसा बदबूदार कमरा कितने में तय किया?"

"केवल पड़ाव के खयाल से तो कोई बुरा नहीं। 60 सेन में पड़ा।"

"खैर, आश्चर्य की कोई बात नहीं। यात्रा तो बेरहम चीज ही है।"

बहुत ही सन्नाटा छाया हुआ था, इसलिए लहरों की आवाज बिलकुल पास से आ रही महसूस हो रही थी। हम तीन के लिए तीन बिस्तर थे। मैं हमेशा की तरह अपनी किताब को पकड़े रजाई के अंदर घुस एक तरफ लेटी हुई थी।

"माँ! रात कब की हो गई। क्या कुछ खाना नहीं है क्या?"

"अब कुछ खाने की जरूरत नहीं। बिस्तर में घुसकर सो जा।"

"नूडूल्स तो खा लिए हैं न! बहुत सारे सफेद सिक्के लेकर आया हूँ, इसलिए सोच रही होगी कि कुछ भी नहीं खरीद रहे। परन्तु अभी किराया भी देना है और दवाइयों के थोक व्यापारी को भुगतान करने के बाद सफेद सिक्के खत्म हो जाएँगे। इसलिए जल्दी सो जाओ और जल्दी उठना। सुबह होने पर पेट भर सफेद भात[1] खिला दूँगा।" गद्दी को दोहरा मोड़ मेरे बिस्तर से टेक लगाए पिताजी ने कहा।

मैं 'सफेद भात' शब्द सुनकर टप-टप आँसू बहाने लगी।

"बढ़ने की उम्र है, इसलिए इतनी भूख लग रही होगी!"

"निश्चित समय पर पर्याप्त भोजन कर पाएँ, इसके लिए कोई अच्छा व्यवसाय मिल जाता तो ...।"

पिताजी और माँ को शायद पता न चला, मैं बिस्तर के अन्दर आँसू बहा रही थी।

"किताब भी फटाफट पढ़ लेती है, इसलिए अगर कहीं ठीक काम-काज का जरिया हो जाए तो इसे स्कूल में भर्ती कराना चाहिए।"

1. खुशहाली का द्योतक।

"अगर कल भी अच्छी बिक्री हो जाए तो इस जगह पर ही टिक सकते हैं।"

"यह एकदम अच्छी जगह है। जब से यहाँ उतरे हैं, मन को सुकून मिल रहा है। क्या नाम होगा इस जगह का?"

"ओ-नो-मिची, जरा बोलकर तो देख।"

"ओ-नो-मिची? यहाँ समुद्र भी नजदीक है और पहाड़ भी। बहुत अच्छी जगह है यह।" माँ ने उठकर बत्ती बुझा दी।

[6]

इस घर के बगीचे में चार-पाँच अनार के पेड़ थे। उस पेड़ के नीचे बड़े छिछले घेरे वाला एक कुआँ था। पहली मंजिल के बरामदे के दरवाजे को खोलने पर ठीक नीचे अनार का पेड़ और कुआँ नजर आता था। कुएँ के पानी में नमक की मात्रा ज्यादा थी इसलिए मुँह साफ करने पर जीभ थोड़ा नमकीन हो जाती थी।

पहली मंजिल में पानी दो दिनों के लिए लगभग 9 लीटर भरा हुआ था। बरामदे में अँगीठी, बाल्टी, बटलोई और समुद्री घोंघे-सीप का गमला वगैरह रखा हुआ था। छः तातामी[1] के बराबर का जापानी कमरा, जिसमें न तो कोई अलमारी थी, न ही ड्राइंग-रूम। इस तरह था हमारे एक मंजिले कमरे का दृश्य, जिसमें हम तीन लोग ठहरे थे।

सुबह हुई तो भाड़े पर लिए बिस्तर को सफेद कपड़े से ढक दिया गया। हमारे नीचे लगभग पचास साल के बुजुर्ग दम्पती रहते थे, जिन्होंने दो पुराने रिक्शे सामने खाली जगह पर रखे हुए थे। बूढ़े बाबा को कभी रिक्शा चलाते हुए तो मैंने नहीं देखा; परन्तु शायद वह किसी को किराए पर देते थे। कभी-कभी वहाँ एक ही रिक्शा नजर आता था। जिस बरामदे से अनार का पेड़ दिखता था वहाँ पर बुढ़िया बैठ, सफेद शैवाल के अन्दर छोटे-से कागज पर तरह-तरह की किस्मत लिखकर कमरपट्टी में सिलने का धंधा करती थी। यहाँ की रसोई सूनी लगती थी और भोजन पकने जैसी खुशबू तो कभी आती ही नहीं थी। कुएँ का घेरा

1. चटाई। जापानी ढंग के कमरों में फर्श पर पुआल की चटाई बिछी होती है। कमरे का माप भी तातामी से लिया जाता है।

छिछला था, इसलिए अक्सर बिल्ली या कुत्ते उसमें गिर जाते थे। ऐसे वक्त बुढ़िया एक टूटे-फूटे आईने के सहारे, जिसमें दिखने की जगह कम थी, गहरे कुएँ के अन्दर के दृश्य को देखने की कोशिश करती थी।

''ओ-नो-मिची में जरूर कोई जादुई शक्ति हमें खींचकर ले आई। अच्छा हुआ कि हम लोग ओसाका तक नहीं आए।''

''ओसाका तक चले जाते तो वास्तव में अभी तक कष्ट ही उठा रहे होते।''

अब तो पिताजी और माँ दोनों की सेहत में सुधार भी दिख रहा था।

मैं भी रोज पेट भर खाना खाती। इस तरह हमारे दिन खुशी से बीत रहे थे।

''खूब ठूँस-ठूँस कर, जितना मन चाहे, भात खा लो। अब कोई चिन्ता नहीं।''

''माँ, नीचे वाले बूढ़ा-बूढ़ी खाना-वाना नहीं खाते क्या?''

''क्यों? खाएँगे नहीं तो काम कैसे करेंगे!''

''हाँ, पर कल रात जब मैं बाथरूम गया तो बूढ़े बाबा बुढ़िया से रोते हुए कह रहे थे कि रिक्शा छिन जाने से तो बेहतर है कि मैं मर जाऊँ।''

''सचमुच, तो वह रिक्शा भी गिरवी होने से छिन लिया गया होगा!''

''इनके रिश्तेदार नहीं होंगे क्या...''

''कभी इनको खाना खाते नहीं देखा।''

''ऐसी बात नहीं है। मैंने सुना है कि नीचे के बूढ़े बाबा जब जवान थे तो नाव पर काम करते वक्त मशीन से उनका पैर मुड़ गया था। उस वक्त किसी ने भी उनकी देखभाल न की। बुढ़िया शैवाल को लपेट कर खाने-पीने का गुजारा भर कर लेती है। बेचारे!''

''क्या वे पुलिस में नहीं जा सकते थे?''

''पता नहीं, पूछने पर सभी यह कहकर हँस देते हैं कि उन्हें कुछ पता नहीं।''

''फिर भी, उनके साथ अगर गलत हुआ है तो उनका गुस्सा होना लाजमी है।''

''मगर किस पर?''

''किसी का पैर जख्मी कर अनभिज्ञ बनने वालों पर।''

''पैसे वालों से क्या मुकाबला!''

''नीचे के बाबा बेवकूफ हैं क्या?''

''कितनी बार कहूँ!''

पिताजी अकॉर्डियन और दिन के खाने का डिब्बा लटकाए दिनभर 'ओइचीनी, ओइचीनी' कह कर शहर में घूमते हुए दवाई बेचते।

''मछुआरों के शहर जाकर देख, ओइचीनी की दवा बेचने वाला आया है।'' कहते हुए लोगों की भीड़ एकत्र हो जाती।

''विचित्र वेशभूषा है!''

लम्बे समय तक मौसम अच्छा रहा। पहाड़ों पर चेरी के फूल खिले थे और चारों ओर खूब हरियाली फैली हुई थी।

दूर मेढ़कों की टर्र-टर्र सुनाई देती। गुलदाऊदी जाति के पौधों पर सफेद फूल खिल आए थे।

[7]

''स्कूल नहीं जाना क्या?''

एक दिन जब मैं पहाड़ वाले बागान से गुलाब का पौधा ला, अनार के पेड़ की जड़ के पास लगा रही थी तो काम से लौटे पिताजी ने कुएँ के किनारे मुँह धोते हुए मुझसे पूछा।

''स्कूल? 14 साल की होने पर भी पाँचवीं में पढ़ने वाली कोई है क्या? मैं नहीं जाऊँगी।''

''स्कूल जाने पर अच्छी बातें होंगी!''

''छठी कक्षा में वे लोग दाखिला दे देंगे क्या?''

''चुपचाप रहें तो हो सकता है, दे दें। अच्छा तो पढ़ ही लेती हो...''

''फिर भी गणित तो मुश्किल होगा न?''

''अच्छा, अभी तो पढ़ाई करो। कल स्कूल जाकर देखता हूँ।''

स्कूल जाने में खुशी की भी बात थी और चिन्ता की भी। उस रात घबराहट से दिल धड़क रहा था। बच्चों की तरह लगातार पलकों के पीछे सफेद उमड़ते नम्बरों को पढ़ती जा रही थी।

शायद बारह बजे के करीब झपकी आई तो पीछे के कुएँ में किसी चीज के गिरने की तेज आवाज हुई। ऐसा लगा, मानो कोई भारी पत्थर गिरा हो! कुत्ते और बिल्ली अगर गहरे कुएँ में गिरे होते तो अभी तक पानी में छप-छप की आवाजें सुनाई देतीं परन्तु यह तो कोई अजीब-सी आवाज थी।

"माँ! क्या हुआ होगा बाहर?"

"क्या हुआ होगा...?"

अभी हम यही बात कर रहे थे कि फिर से पानी के उछलने की और साथ में एक दर्दनाक चीख सुनाई दी। नीचे के बूढ़े बाबा चीखते हुए कमरे में असहाय से लोट रहे थे।

"अरे उठो जी! उठो! कुएँ के अन्दर कोई गिर गया लगता है।"

"कौन?"

"उठो और जल्दी जाकर देखो। शायद बूढ़ी अम्मा गिर गई है।"

मैं थर-थर काँपने लगी और मुँह से एक शब्द न निकला।

"आखिर क्या हुआ होगा?"

"तुम भी साथ में चलो। बच्ची तो अभी सो रही है न।"

पिताजी चिल्लाते हुए सीढ़ियों से धप-धप ऐसे उतरे जैसे कि वह टूट ही जाएगी। कमरे में मैं अकेली रह गई। बंद कमरे में अन्दर दम घुटने लगा। जब मुझसे और बर्दाश्त न हुआ तो मैंने बरसाती दरवाजा खोल दिया। अनार के पेड़ के पत्ते मटर के पत्तों की तरह चमक रहे थे और पहाड़ के ऊपर निकला लाल चन्द्रमा थाली की तरह लग रहा था। अचानक मुझे लगा मानो त्वचा के ऊपर कोई चीज दौड़ी हो!

"क्या हुआ!" मैं अनायास ही चिल्लाती हुई नीचे देखने लगी। मैंने देखा कि माँ ने आईना और लैम्प पकड़ा हुआ था।

"हाँ! इस रस्सी को कस कर पकड़ने से ठीक रहेगा।"

पिताजी ने चिल्लाते हुए रस्सी के एक किनारे को बीचोबीच स्थित अनार के पेड़ के तने पर बाँध दिया।

"अभी रस्सी अन्दर डालता हूँ। बस, सब्र से इसे जोर से पकड़ लीजिए।"

माँ के तो होश उड़े स्वर सुनाई दे रहे थे।

"मासाको! तुम भी नीचे आ जाओ।" पिताजी ने मुझे ऊपर से झाँकते हुए देखा तो चीखते हुए बोले।

ठण्ड होने की वजह से मैंने पिताजी की पसली की हड्डियों जैसी डिजाइन वाली जर्सी पीठ पर लपेटी और लुढ़कते हुए कुएँ तक उतरती आ गई।

बरामदे में बूढ़े बाबा होशो-हवास खोए 'उं ... ऑ ... ऑ ...' कराह रहे थे।

"बहुत अच्छी बच्ची है। वैद्य जी के यहाँ जा और सावधानी से उन्हें साथ में लेकर आ।" पिताजी बोले।

पत्थर बिछी जमीन पर बत्ती की हलकी रोशनी चमचम चमक रही थी। गर्म रात की हवा सबके पल्लों को उड़ा रही थी। कुएँ के अन्दर रस्सी काफी अन्दर तक गई हुई थी और अन्दर से 'ऊँह, ऊँह' कराहने की दर्दनाक आवाज़ ऊपर तक चली आ रही थी।

"जा, जल्दी होकर आ। क्या कर रही है यहाँ?"

मैं देर रात को अनजाने शहर की ओर निकल पड़ी। लहर और हवा के साँय-साँय स्वर सुनाई दे रहे थे। शहर में कच्ची मछली की बदबू फैली हुई थी। शायद 21 मई के आस-पास का मौसम था। दूर कहीं से शामीसेन[1] के संगीत जैसी ध्वनि सुनाई दे रही थी।

गर्दन पर बटन लगाए मैंने पिताजी की हास्यास्पद पोशाक पहनी हुई थी। शायद इसीलिए जब मैंने गली के नुक्कड़ में वैद्य जी के घर का दरवाजा खटखटाया तो रिक्शे वाले ने ऊँघते हुए अनूठे तरीके से सम्मानपूर्वक अपनी छोटी-सी कमर झुकाते हुए कहा, "कोई चिन्ता की बात नहीं। एक बजा हो या फिर दो, यह तो वैद्य जी का धर्म है कहीं भी जाना। बस, मैं अगर रिक्शा चलाने को तैयार हो जाँऊ तो वैद्य जी भी उठ जाएँगे और तुरन्त चल पड़ेंगे।"

[8]

कुएँ में गिरी बूढ़ी अम्मा एक हाथ में पानी से तर-बितर पोटली पकड़े

1. तीन तारों का एक जापानी वाद्य-यंत्र।

ऊपर आई।

उस काली पोटली के अन्दर साटन की ह्वेल मछली बनी कमरपट्टी और एक समुद्री ऊदबिलाव के बालों से बनी टोपी थी, जो बूढ़े बाबा ने तब खरीदी थी जब वह नाविक थे। शायद बूढ़ी अम्मा रात अँधेरी होने का इन्तजार कर पिछवाड़े से साहूकार के यहाँ जा रही थी। कमरपट्टी के बीच से साहूकार से लेन-देन के हिसाब की एक छोटी-सी कापी नीचे गिरी तो माँ ने झट से उस कापी को छिपा लिया ताकि वैद्य जी की नजर उसपर न पड़े। और मुझे देखते हुए बड़बड़ा उठी, "यह भी खूब कष्ट झेल रही है।"

"बहुत खतरनाक हालत हो गई थी।"

"अब सब कुछ ठीक-ठाक तो है न?"

"यह अच्छी बात हुई कि अन्दरूनी घाव नहीं हुआ, इसलिए अगर कोई चक्कर-वक्कर न आए तो सब कुछ ठीक हो जाएगा।"

बूढ़ी अम्मा के धंधे में काम आने वाला समुद्री शैवाल, जिसको बस एक बार ही सही, मैं कभी खाकर देखना चाहती थी, आज कमरे में तितर-बितर हो बिखरे पड़े थे। पाँच-छ: मैंने मुँह में डाले। तेजफल जैसी तीखी मिर्ची मेरी जीभ पर लगी।

"जीवित बच निकल आई है, इसलिए कुएँ के पानी को पूरा निकाल कर साफ करने की जरूरत नहीं।"

सुबह हमने उसी पानी से कुल्ला किया। कुएँ के अन्दर बूढ़ी अम्मा की चप्पलें तैर रही थीं। मैं टूटू-फूटे शीशे को, जिससे दिखता कम था, माँगकर ले आई और कुएँ के अन्दर चमकाते हुए बाँस की टोकरी द्वारा चप्पलों को बाहर निकाला। माँ ने कुएँ के पत्थर की मुँडेर के चारों कोनों पर नमक का छोटा-छोटा ढेर रखा और हाथ जोड़कर मंत्र पढ़ा, "ओम्बारा ..."

बदली छाई हुई थी और हवा का रुख बारिश होने का संकेत दे रहा था।

पिताजी किमोनो के ऊपर बूढ़े बाबा का हाकामा[1] पहन मेरे साथ

---

1. स्कर्टनुमा एक जापानी अधोवस्त्र जो किमोनो के ऊपर पहना जाता है।

पहाड़ी के प्राइमरी स्कूल चल पड़े।

स्कूल जाने के बीच रास्ते में जिम्मू महाराज की मठ थी। उस मठ के पीछे एक पुलिया थी जिसके नीचे से एक भाप इंजन जा रहा था।

''इसमें बैठ जाओ तो तोक्यो तक आराम से जा सकते हैं।''

''तोक्यो से आगे नहीं जा सकते क्या?''

''वहाँ बड़े भयंकर लोग रहते हैं। लड़कियाँ तो जा ही नहीं सकतीं।''

''तोक्यो के आगे क्या समुद्र है?''

''दरअसल, वहाँ तक तो मैं भी नहीं गया हूँ।''

स्कूल की सीढ़ियाँ पत्थर की बनी थीं। पिताजी उन सीढ़ियों पर चढ़ते हुए कई बार रुके। बगीचा रेगिस्तान की तरह लम्बा-चौड़ा था। चार कोनों में फूलों की क्यारियाँ थीं जिनमें युसुराउमे[1], तेस्सेनरेन[2], ओन्जि, अजामि, रूपिनास, अजेलिया, आइरिस जैसे पौधे लगे हुए थे।

स्कूल की इमारत के ऊपर से ऊँचे पहाड़ दिख रहे थे। पीछे मुड़कर देखने से समुद्र धुँधला-सा दिखा और पास में कितने ही टापू।

''यहाँ पर इन्तजार करना।''

पिताजी हाकामा को बाँधे डोर के ऊपर हाथ में हाथ डाले अध्यापक-कक्ष के श्वेत द्वार के अन्दर घुसे।

यह जगह जरा ज्यादा ही विलो-वृक्ष पसंदीदा लगती है। इस बगीचे के ठीक मध्य भी कोमल पंखुड़ियाँ निकाले बड़ा-सा वृक्ष था, जो बकरी की तरह फर-फर अपनी पीठ हिला रहा था। चक्री को छूकर, गोल घूमने वाले झूले में बैठकर मैंने नए स्कूल का आनंद लिया, परन्तु, न मालूम क्यों मैं अन्दर से उदास थी।

तेजी से भागकर सीढ़ियों से उतरने की सोच स्कूल के द्वार से बाहर निकली ही थी कि पिताजी ने 'ओई!' कहकर मुझे पुकारा और पानी में भीगी बिल्ली की तरह काँपती हुई मैं अध्यापक-कक्ष के द्वार के अन्दर घुसी।

---

1. आड़ू की जाति का पर्णपाती वृक्ष।
2. मुर्वा जाति का एक बहुवर्षीय पौधा।

उस कमरे में कनारी पक्षी की तरह दो पंक्तियों में किताब के छोटे डिब्बे रखे थे। मध्य में अँगीठी थी। वहाँ पर पिताजी और हेड-मास्टर खड़े थे।

हेड मास्टरजी लम्बे कद के थे। पिताजी ने मुझे देखते ही झट से सिर झुकाया। मुझे भी सिर झुकाकर अभिवादन करना चाहिए, यह सोचकर मैंने भी विनम्रता से सिर झुकाया। हेडमास्टर संतुष्ट दिख रहे थे।

''चलो, तुम्हें कक्षा में ले चलें।''

''तो फिर, मैं यहाँ से जाने की आज्ञा चाहता हूँ। इस सहयोग के लिए मैं तहेदिल से आपका आभारी हूँ।''

पिताजी गेट से बाहर निकले कि मैं दुखी हो गई।

मैंने किसी छात्रा से सुना था कि गुरूजी का आदर करना चाहिए और उनकी परछाई पर भी पैर नहीं पड़ना चाहिए। यह याद आते ही मैं काफी दूरी से हेडमास्टरजी के पीछे चलने लगी।

''समय गँवाए बगैर जल्दी नहीं चल सकतीं क्या?''

हेडमास्टरजी ने पीछे मुड़कर मुझे डाँटा। खिड़की के बाहर हैण्ड पम्प के पास जमे पानी में से कुछ 'कर-कर' की आवाज आ रही थी, जैसे कोई रो रहा हो!

बरसाती दरवाजे की तरह टेढ़ा दरवाजा खोलते ही बच्चों ने मुझे घेर लिया। 'लड़कियों की छठी कक्षा, सेक्शन ई' लिखी एक तख्ती ब्लैक बोर्ड पर लटक रही थी।

मैं पाँचवीं कक्षा को अधूरा छोड़ छठी में दाखिल हो गई थी। मैं थोड़ा घबराई हुई थी।

[9]

लम्बे समय तक बारिश होती रही।

धीरे-धीरे स्कूल जाना मुझे खराब लगने लगा। लेकिन जब मैं स्कूल से अभ्यस्त हुई, तो बच्चों ने चिढ़ाना शुरू कर दिया, ''ओइचीनी, न्यू-फूलिश गवर्नर की बेटी!''

मेरे हिसाब से तो चैपलिन के न्यू फूलिश गवर्नर और पिताजी की वेशभूषा नहीं मिलती थी, फिर भी मैं सोचती थी कि इस सम्बन्ध में

कभी पिताजी से अवश्य जिक्र करूँगी; परन्तु बारिश के इस लम्बे दौर से पिताजी उदास रहते थे।

काफी समय तक हम लोग बाजरे का पीला[1] भात खाते रहे। खाना खाते वक्त मुझे अस्तबल की याद आ जाती थी।

स्कूल में कभी भी मैं दिन का खाना नहीं खाती थी। उस वक्त संगीत-कक्ष में जाकर आर्गन बजाती। पिताजी के अकॉर्डियन की धुन में मैं आर्गन को अच्छी तरह बजा लेती थी।

मेरी भाषा गँवारू थी, इसलिए अध्यापिका जी की डाँट अक्सर पड़ती। उनकी उम्र तीस से ऊपर थी और वह मोटी थीं।

छज्जेदार लट के कारण उनके सिर पर पोंछे की तरह बालों का बण्डल दिखाई देता था।

"तुम्हें तोक्यो की भाषा में बोलना चाहिए।"

सभी 'हमारे यहाँ' जैसे सुन्दर शब्द का इस्तेमाल करते थे; परन्तु जब मैं कभी-कभी भूलकर, 'हमरा इहाँ' कह देती तो सब हँस-हँसकर मुझे चिढ़ाते।

हालाँकि स्कूल जाने पर मुझे एक-से-एक सुन्दर फूल दिखते, जो कहीं और नहीं दिखते थे; लिथोग्राफ पेंटिंग देखकर मुझे आन्नद आता; किन्तु बच्चों के मेरे लिए 'न्यू फूलिश गवर्नर' बोलने से मेरा मन उदास हो जाता।'

"स्कूल नहीं जाना है क्या? कम से कम प्राइमरी तो कर ही लो। अपनी माँ को देखो, किताब तक नहीं पढ़ पाती। हमेशा सोती रहती है।" पिताजी ने कहा।

"हाँ, परन्तु बड़ा कष्टप्रद है स्कूल जाना ..."

"क्या कष्टप्रद है?"

"नहीं बताऊँगी!"

"नहीं बातओगी?"

"नहीं!"

बारिश हर रोज इस तरह होती रही कि उसे रोकने के लिए कुछ

1. गरीबी का द्योतक।

करने को मन व्याकुल हो उठा।

नीचे की बूढ़ी अम्मा हर रोज शैवाल के अन्दर भाग्य और तेजपता रखकर कमरपट्टी को सिलती रहती थी। पीले भात से अब जी ऊब चुका था। बूढ़ी अम्मा ने माँ के लिए सामान के लेबल पर तार पिरोने का काम ढूँढ लिया था। पिताजी और माँ में मुकाबला होता तो तार पिरोने में माँ की ही जीत होती।

मैं स्कूल जाने के बहाने स्कूल के पीछे वाले पहाड़ पर चली जाती। गर्मी के आरम्भ के वस्त्र पहनकर जाती। पहाड़ों पर भीनी-भीनी खुशबू फैली रहती।

बारिश आने पर थैले से सिर को ढक लेती और चीड़ की टहनी पर टेक लगा खेलती रहती।

उस दिन मौसम अच्छा था। मैं पहाड़ी पर हागी वृक्ष के नीचे छाँव में लेटी हुई थी। तभी मैंने देखा कि व्यायाम की अध्यापिका के जैसे लम्बे बाल वाला एक लड़का राशन के दुकानदार की बेटी के साथ दिल्लगी कर रहा था। यह देखकर मुझे शर्म आ गई और मैं पहाड़ी से नीचे उतर आई।

मोती की तरह चमचम चमकती समुद्र की लहरें आँखों को चुभने लगी थीं।

"ओसाका की ओर जाकर देखें क्या?" माँ-पिताजी ऐसी बातें आजकल खूब कर रहे थे, परन्तु मैं ओसाका नहीं जाना चाहती थी। पिताजी की मिलिटरी पोशाक भी न मालूम कब की गायब हो चुकी थी। इसलिए अकॉर्डियन गायब होने का खयाल आते ही हृदय में काँटे चुभने लगते थे।

"रिक्शा चलाकर देखूँ क्या?"

पिताजी जैसे अब हिम्मत हार चुके थे। उस वक्त मुझे वह लड़का याद आया; हालाँकि हम एक-दूसरे से औपचारिक रूप से तो परिचित नहीं थे, फिर भी पिताजी का रिक्शा चलाना मेरे लिए शर्म की बात थी। वह लड़का मछली बेचने वाले का बेटा था। एक बार, उसकी दुकान के सामने से गुजरी तो उसने मुझसे कहा, "आज ढेर सारी मछलियाँ पकड़ी हैं। एक तुम्हें दे दूँ? बताओ, तुम्हें कौन-सी मछली पसन्द है?"

"चिनुगो।"

'चिनुगो! ऐसी मछली तुम्हें पसन्द है क्या?"

उस वक्त उसकी दुकान में कोई नहीं था। लड़के ने नाक को सुड़कते हुए चिनुगो मछली कागज में लपेटकर मुझे पकड़ा दी। मछली एकदम ताजा थी और उसका शल्क चाँदी-सा चमक रहा था।

"कितने पहनी है?"

"कपड़े?"

"हाँ!"

"ज्यादा तो नहीं!"

"ला, दिखा गरदनी, गिनकर देखता हूँ।"

वह लड़का कच्ची मछली के बदबूदार हाथों से मेरे कपड़े गिनने लगा। गिनने के बाद फाइल-फिश नामक मछली की ओर इशारा कर कहा, "ये भी ढेर सारी दे दूँ?"

"मछली तो मुझे कुछ भी पसन्द है।"

"मछली वाला अच्छा है, इसलिए ढेर सारी खा सकती है!"

उस लड़के ने कहा कि किसी दिन वह मुझे अपनी नाव में मछली पकड़ने ले जाएगा। मेरी छाती में खून दौड़ने लगा और मुझे घबराहट महसूस होने लगी।

दूसरे दिन जब मैं स्कूल गई तो मैंने देखा कि वह लड़का कक्षा पाँचवीं का मौनिटर था।

[10]

पता नहीं, किसके कहने पर पिताजी बोतलों में श्रृंगार-द्रव्य भर लाए। हरेक बोतल दस सेन की थी। नीली बोतल भी थी तो लाल भी और पीली भी। सभी सुन्दर आकृतियों की थीं, जिन पर लाइलैक फूलों का डिजाइन भी बना था। जोर से हिलाने पर नीचे से सफेद झाग ऊपर आ जाता था।

"क्या ये अच्छी हैं?"

"दस सेन का मतलब लड़कियाँ खरीद ही लेंगी।"

"मैं भी खरीदना चाहती हूँ।"

''धृष्टता की बातें मत करो।''

पिताजी ने इन श्रृंगार की बोतलों को बेचने के लिए कुछ इस तरह का गाना याद कर लिया था :

'एक बोतल जो लगाओ, चेरी फूल-सा खिल जाओ,

दो जो लगाओ तो हिम-सी त्वचा पाओ।

''दीदियों, भाई-भाभियों, आओ, मुँहमाँगी कीमत पर ले जाओ, जो न खरीदा, कोयले के रंग नहाओ और रो-रो पछताओ ...''

पिताजी इस गाने को लय के साथ गाते-बेचते। पाँच दिन तक लगातार वे श्रृंगार-द्रव्य बेचते रहे।

''जल्दी नहीं बेचता तो सब खराब हो जातीं।''

''ऐसी भयंकर चीजें बेचना क्या ठीक है?''

''अब ठीक है या गलत, यह सोचेंगे तो खाएँगे कैसे? कोई चारा भी तो नहीं है।''

ओ-नो-मिचि से थोड़ा दूर एक योशिवा नामक गाँव पड़ता था। वहाँ कैनवस का कारखाना भी था। वहाँ की अधिकांश स्त्रियाँ श्रमिक और मछुआरिन थीं। पिताजी अक्सर वहाँ जाते थे।

मुझे इस तरह का फैशनदार व्यापार अच्छा लगता था। मैंने एक लाल बोतल चुराकर पानी के बर्तन के एक ओर छुपा दी थी।

''संसार में तरक्की हो तो शायद सस्ती और फैशनदार चीजों का आना स्वाभाविक है!''

पूरे शहर में 'एक बोतल जो लगाओ, चेरी फूल-सा खिल जाओ' गाना चर्चित हो गया। श्रृंगार द्रव्य पिताजी लेकर जाते तो काफी बिक्री हो जाती थी।

उस समय एक बुढ़िया टोकरी के अन्दर मांस रखकर बेचने आया करती थी। शायद घर की आमदनी ठीक हो रही थी, इसलिए माँ ने भी उदार हृदय के साथ मांस खरीदा। जिमीकंद मिलाने से मांस खून की तरह लाल हो गया।

''हो सकता है, यह कुत्ते का मांस हो!'' कहकर हम तीनों ने उस लाल मांस को खूब खाया। सस्ता जो था!

''सचमुच, कुत्ते का मीट है, इसीलिए सस्ता है।''

नीचे वाली बूढ़ी अम्मा ने जब उस खरीदे मीट को कुत्ते को खिलाया तो वह नहीं खाया। यह इस बात का प्रमाण था कि वाकई मीट कुत्ते का था।

बारिश रुक गई और मौसम एकदम साफ हो गया था। एक दिन पहाड़ के स्कूल से वापस लौटी तो माँ का रोते-रोते बुरा हाल था।

''क्या हुआ?''

''पिताजी को ... पुलिस ले गई ...''

मैं इस सदमे को जिन्दगी भर नहीं भूल पाई। आकेबिया फल की तरह मेरी आँखें भारी हो गई थीं।

''मैं भी जरा पुलिस स्टेशन होकर आती हूँ। तू अच्छी बच्ची की तरह यहाँ इन्तजार करना।'' माँ ने कहा।

''मैं भी जाऊँगी। ... मैं भी आग्रह करूँगी कि वे पिताजी को छोड़ दें।''

''बच्चे जाएँगे तो वे लोग गुस्सा ही होंगे; इसलिए यहीं पर इन्तजार करो!''

''नहीं, नहीं! मैं अकेले नहीं रह पाऊँगी!''

''सिर पर मारूँ एक!''

माँ के जाने के बाद मैं रोने लगी। नीचे की बुढ़िया अम्मा धीरे-धीरे घिसटती हुई ऊपर आकर मेरे पास बैठ गई। मैं और जोर-जोर से रोने लगी।

''पिताजी कह रहे थे अम्मा, युद्ध के वक्त टिन के डिब्बों में पत्थर भर-भर के लोग तुरन्त अमीर बन गए थे ...''

''रो मत। तुम्हारे पिताजी बिलकुल खराब नहीं हैं, खराब तो वो उत्पादन करने वाला था।''

''कुछ भी हो, मैं तो पुलिस स्टेशन जाकर रहूँगी ...! पिताजी के बगैर खाना कैसे खाएँगें!''

शाम को मैं भागकर शहर के भीतर स्थित पुलिस स्टेशन चली गई।

बेलबूटे के नमूने से सज्जित लोहे के दरवाजे पर टेक लगा मैं माँ-पिताजी के आने का इन्तजार करने लगी।

''ओबारा, यूसेन सोबुका!'', किसी तरह मैं लोहे के डंडे को पकड़

आसमान की ओर देख प्रार्थना करने लगी।

मैं अकेला महसूस कर रही थी। पीछे के मरीन पुलिस स्टेशन से घंटी की आवाजें सुनाई दीं।

मैं पीछे पलट, पानी जैसी रँगी टेढ़ी खिड़की पर हाथ-पाँव मारती चढ़ गई। वहाँ से मैंने नीचे देखा।

बिजली अपना भरपूर प्रकाश किए चमक रही थी। कमरे के एक कोने में माँ चूहे की तरह छोटी हो बैठी थी। पुलिस माँ के ही सामने पिताजी के सिर पर डंडे से मार रही थी।

"चलो, और गाकर दिखाओ!"

पिताजी विचित्र स्वर में गाने लगे: "दो बोतल लगाओ तो हिम-सी त्वचा ..."

"और जोर से नहीं गाओगे?"

"हा, हा, हा ...! नूडूल्स पावडर लगाने से बनती है हिम-सी त्वचा, सस्ती चीज है।"

दु:ख और पीड़ा ने मुझे घेर लिया। पुलिस पिताजी को बेतहाशा मारती रही।

"बेवकूफ! बेवकफ!" चीखती हुई मैं समुद्रतट की ओर भागती चली गई।

"मासको-ओ!" माँ के पुकारने की आवाज सुनी थी; परन्तु मेरे कानों में दूर नीचे, लम्बे समय तक दँतीले पहिए जैसी 'गर्र-गर्र' आवाज गूँजती रही थी।

साता इनेको

(1904-1998)

साता इनेको जो खुद अभी बच्ची थी और जिसकी पढ़ाई-लिखाई की जिम्मेदारी माँ-बाप के ऊपर होती, वह स्वयं ही माँ-बाप सहित पूरे परिवार का बोझ अपने सिर पर उठाने को मजबूर हो गई।

साता इनेको का जन्म 1904 में नागासाकी शहर के याओया गाँव में हुआ। पिता ताजिमा मासाफुमी और माँ युकी की ये पहली संतान थी। मासाफुमी बचपन से बड़े होनहार एवं तरह-तरह की कलाओं के मालिक थे। साता इनेको की माँ बहुत सुंदर थी। परन्तु 15 साल की कच्ची उम्र में शादी हो जाने से वह रोगग्रस्त हो गई। दो बच्चों की माँ और पत्नी की जिम्मेदारियों को निभाने की भी ताकत शरीर में न रही और एक दिन वह इस दुनिया से चल बसी। पिता ने दूसरी शादी कर ली तो कुछ समय के लिए इनेको की देखभाल दादी ने की।

सन् 1915 में इनेको चाचा साता हिदेओ के घर पर रहने लगी। परिवार की आर्थिक हालत ठीक न होने के कारण 11 साल की उम्र में ही पाँचवीं कक्षा की छात्रा को मजबूरन स्कूल छोड़ कैरैमल कारखाने में नौकरी करनी पड़ी। इनेको जब 16 वर्ष की थी तो पिताजी की तीसरी शादी योत्सु नामक महिला से हुई। उपमाता योत्सु दिखने में सुन्दर तो न थी परन्तु सुशील एवं नेक स्वभाव की थी। माँ योत्सु ने भी इनेको को पढ़ने के लिए प्रोत्साहित किया।

इनेको के चाचा साता हिदेओ ने सबसे अधिक इनका हौसला बुलंद किया तथा पढ़ाई के प्रति जागरूक किया। चाचा अक्सर इनेको को लाइब्रेरी ले जाया करते थे। चाचा की रुचि भी कला और साहित्य में होने की वजह से इनेको को काफी मदद मिली। संक्षिप्त में कहा जाए तो साता इनेको को एक सुप्रसिद्ध लेखिका बनाने में चाचा का बहुत बड़ा योगदान है।

सन् 1924 में ये 'कोर्योकु' कॉफी-हाउस में काम करने लगीं। वहाँ 'रोबा'

नामक साहित्यिक पत्रिका से जुड़े नामी हस्तियों; जैसे – नाकानो शिगेहारू, कुबोकावा त्सुरुजिरो, होरि तात्सुओ का नियमित रूप से आना-जाना होता था। इसी दौरान इनका परिचय कुबोकावा त्सुरुजिरो से हुआ। बाद में कुबोकावा से इनका विवाह भी हुआ।

सन् 1929 में इनेको जापान सर्वहारा लेखक संघ में शामिल हो गईं और यही वह वक्त था जब इन्होंने 'कैरैमल कारखाना' नामक लघु उपन्यास की रचना की।

उसके बाद इन्होंने एक के बाद एक उपन्यास और कहानियाँ लिखीं। सन् 1930 में बहुचर्चित लघु उपन्यास 'कुरेनाइ' प्रकाशित हुआ। इस उपन्यास में इनके अपने असफल विवाहित जीवन की कहानी है। सन् 1949 में इनका 'वाताशिनो तोक्यो चीज़ु' (मेरा तोकियो मानचित्र) छपा। सन् 1962 में इन्होंने 'ओन्ना नो यादो' (औरत का घर) नामक उपन्यास लिखा और इन्हें 'जोर्यू बुनगाकु शो' नामक महिला लेखन पुरस्कार से सम्मानित किया गया। सन् 1972 में 'जुएई' (पेड़ की परछाई) कोदांशा से प्रकाशित होने पर इन्हें 'नोमा बुन्गेइ शो' नामक पुरस्कार प्रदान किया गया। सन् 1985 में 'त्सुकी नो एन' (चांद की दावत) छपी और उसके अगले साल ही 'योमीयुरी बुन्गाकु शो' का इन्हें सम्मान हासिल हुआ।

नाकानो शिगेहारू जैसे विद्वानों से संपर्क में रहने वाली साता इनेको स्कूल की पढ़ाई भी पूरी न कर पाईं और छोटी उम्र में ही नौकरी के जंजाल में उलझने को मजबूर हो गईं। 'कैरैमल कारखाने से' की दुनिया उनकी अपने कड़वे अनुभवों की दुनिया है। आज विकसित जापान के बच्चे कभी कल्पना भी नहीं कर सकते कि सत्तर साल पहले के जापान में बच्चों को अपना और परिवार का पेट पालने के लिए तरह-तरह के जोखिम उठाने पड़ते थे। यह कहानी इस सच्चाई का जीवंत चित्रण है। बाल-श्रमिक की भावनाओं, संवेदनाओं और पीड़ाओं को अभिव्यक्त करने का मौका पाते ही इनेको का हृदय उन हर-एक पल को पुन: जीने को उमड़ पड़ा। 'कैरैमल कारखाना', जहाँ से इनेको की कामकाज़ी जिन्दगी की शुरुआत हुई, उसी की दास्तान ने इनको बुंदान (जापानी साहित्य संसार) के दहलीज़ पर ला खड़ा किया।

कैरैमल कारखाने से

मूल शीर्षक : कैरैमल कोजो कारा, 1928
स्रोत : शोनेन शोजो निहोन बुनगाकुकान
19, कोदांशा, तोक्यो, 1986, पृष्ठ 231-256

हमेशा की तरह हिरोको ने सोए हुए भाई की रजाई को किनारे से थोड़ा ऊपर खिसकाई और उसमें घुसकर नाश्ता करने लगी। अभी भी उसका नीला पड़ा निद्रालु-सा छोटा चेहरा सूजा हुआ था। रसोईघर में दादी अपने सामने देगची इस तरह रखी थी कि रोशनी में देख सके। वह हिरोको के लिए टिफिन भर रही थी। सुबह-सुबह की ठण्ड गहराई तक शरीर को छू रही थी, हालाँकि हाथ काम कर रहे थे।

सुबह की तैयारी की खनखनाहट कभी-कभार सुनाई पड़ जाती थी। हिरोको भौंह खींचे भात को तेजी से फूँकते हुए खा रही थी। उसने झटपट एक कटोरी भात खाया और अचानक उठ खड़ी हुई।

"अरे और नहीं चाहिए क्या?"

"बस, हो गया।" वह अँगीठी के साथ लगी दराज से गाड़ी भाड़ा के लिए पैसे निकाल रही थी।

"बस हो गया नहीं! एक कटोरी भात और खाओ। अभी तो तुम्हें देर भी नहीं हुई।"

"परन्तु जल्दी नहीं खाया जाता।" भात का कटोरा दादी के हाथों में

थमाते हुए हिरोको रोने जैसी आवाज़ में बोली।

"जल्दी नहीं खाया जाता से क्या मतलब? तुम इस सर्दी में गर्म भात भी ठीक से नहीं खाओगी तो अकड़ जाओगी।"

"परन्तु देरी होने से मैं परेशानी में पड़ जाऊँगी।"

अभी चार-पाँच दिन पहले ही तो पहली बार उसे देरी हुई थी; परन्तु उसके कारखाने में 'देरी' की कोई गुंजाइश न थी। कारखाने का फाटक ठीक सात बजे बन्द हो जाता था। उस दिन जब देरी हुई थी तो उसे पूरे दिन जबरदस्ती छुट्टी लेनी पड़ी थी; क्योंकि मजदूरों की एक दिन की तुच्छ तनखाह में से 'देरी' के लिए कटौती बड़े ही जोखिम की बात थी।

उस सुबह उसे गाड़ी के अन्दर ही देरी का आभास हो चुका था। साफ-सुथरी औरतों का गाड़ी में प्रवेश शुरू हो चला था और मजदूरिन-मजदूर शक्लें धीरे-धीरे कम होती जा रही थीं। वह गाड़ी के इस माहौल में बेचैन हो समय देखने को उतावली में इधर-उधर आँखें घुमा रही थी। आखिरकार वह गाड़ी के निकास-द्वार तक आ पहुँची थी। कंडक्टर ने एक हाथ से घड़ी निकाली और दूसरे से रिआयती दर सूची को लपेटते हुए ऊपर की ओर खिसका दिया।

आस-पास माहौल एकदम बदला हुआ लगा। हिरोको का स्टाप अब सिर्फ एक स्टाप दूर था। स्टाप के आने के थोड़ा पहले से ही उसके कारखाने के कमरों के अनेको प्रवेशद्वार गाड़ी के साथ-साथ दिखने शुरू हो जाते। उनमें से एक हिरोको का भी था। कहीं कोई भूल न हो जाए, इसलिए वह एक-एक को ध्यान से देखती रही। अचानक तिलमिला देने वाले पेट-दर्द ने उसे आ दबोचा।

वह गाड़ी से उतरते ही प्रवेशद्वार की ओर भागी। बिलकुल वही हुआ जिसका उसे अंदेशा था।

अभी अँधेरा ही था जब वह घर से निकली थी। न जाने घर के किन-किन कोनों से इकट्ठा कर उसने गाड़ी भाड़ा के लिए कुछ ताँबे के सिक्के बटोरे थे। परन्तु उससे पहले उतरने वालों में ऐसे लोगों की संख्या अधिक थी जिनके पास चमकते स्टील के सिक्के थे। इस वजह से वह समय पर न पहुँच पाई। कारखाने का फाटक बन्द होने का

निश्चित समय सात बजे था। वह छिपते हुए वहाँ से निकली। लबादे के नीचे खाने के डिब्बे को दोनों हाथों से जोर से पकड़ छाती को उससे दबाए वह तेज़ कदमों से चलने लगी। उसका मन रोने जैसा हो रहा था। लोगों की चहल-पहल बढ़ चुकी थी। आज सड़क की सुबह कुछ अलग ही थी।

हिरोको के लिए ठण्ड से अकड़ने से कहीं ज़्यादा देरी से कारखाना पहुँचना भयंकर था।

दादी की डाँट खाते हुए खाना खत्म कर हिरोको मफलर से चेहरा ढँकते हुए ऐसे निकल पड़ी, जैसे किसी युद्ध में जा रही हो! बाहर भोर का उजाला था और चाकू की तेज धार जैसी सर्दी। पुल के ऊपर कितनी बार उसकी चप्पलें फिसलीं।

गाड़ी के अन्दर बल्ब की रोशनी थी और डिब्बा मजूदर के कपड़े पहने लोगों से खचाखच भरा हुआ था। ठण्ड का मुकाबला करते-करते सबके चेहरे सुर्ख हो चले थे। जल्दी-जल्दी मीसो सूप पीकर भागते हुए लोगों की वजह से गाड़ी के अन्दर अभी भी उनके रसोईघर की खुशबू आ रही थी।

हिरोको वयस्कों की टाँगों के बीच से अपना रास्ता बनाती आगे बढ़ी। वह भी उन्हीं लोगों जैसी एक मजदूर थी। छोटी-सी एक घास के तिनके जैसी कमज़ोर मजदूरन जिसे घोड़ा पलक झपकते ही सटक जाए।

"काबिले तारीफ हो बहन तुम! कहाँ तक जाना है तुम्हें?" सीट देने वाले एक बुजुर्ग ने पूछा, "पिताजी क्या करते हैं?"

"काम नहीं करते।" हिरोको यह कहते हुए थोड़ा झेंपी।

"ओह, मटरगस्ती करते होंगे। बिलकुल बुरी बात है।" यह कहते हुए उस बुजुर्ग के चेहरे पर सहानुभूति के भाव उमड़ पड़े। गाड़ी के अन्दर उसके आस-पास के किसी भी व्यक्ति ने उसे बेचारगी की दृष्टि से न देखा। शायद यह बात उनपर भी ठीक बैठती थी।

[2]

उसके पिताजी एक छोटे शहर में काम करते थे। धारीदार यूरोपीय पोशाक पहन क्लब में बिलियर्ड खेलना उनकी आदत थी। तीन-चार

साल तक बीमारग्रस्त पत्नी के जीते-जी ही पिताजी की नगण्य संपत्ति भी खत्म हो गई थी। दूसरी शादी के बाद उन्हें बुर्जुआ जैसी जिन्दगी की एक अजीब-सी ललक पड़ी। नई पत्नी पिता की कंपनी के डायरेक्टरों के घरों में कोतो और इकेबाना सिखाती घूमती-फिरती। कभी-कभी पति के शाकुहाची[1] वादन में संगत करती। देखते-देखते वह वक्त आया जब वे कुछ समय के लिए दो बच्चों और अपनी माँ को बेसहारा छोड़ पत्नी के घर चले गए। लोक-लज्जा के कारण यह बात ज़्यादा दिन तक न चल सकी। बच्चों को माध्यमिक विद्यालय में डालना था। सवाल यह था कि क्या उसकी तनखाह इतने खर्च झेल पाएगी? नौकरी-पेशा से तो जिंदगी भर उत्थान न हो पाएगा। पिताजी यह नहीं जानते थे कि वे लोग कुछ भी कर लें फिर भी उनका उत्थान मुश्किल था। अंततः पूरे परिवार के साथ पिताजी तोक्यो चले आए। दूसरी पत्नी से तलाक और बीमारी की वजह से तोक्यो में अपने छोटे भाई की पढ़ाई में दिक्कतें आना, ये दो बातें उनके तोक्यो जाने के कायक्रम को ठोस रूप दे सकीं; परन्तु हिरोको के पिताजी का तोक्यो जाने का खास कारण लोक-लज्जा से बच निकलना था। वहाँ जाने की न तो उनकी कोई योजना थी और न कोई मंशा।

वह शराब पी-पीकर चीखते-चिल्लाते और अन्त में परिवार के ऊपर स्वयं ही एक आपत्ति का कारण बन गए। पिताजी के छोटे भाई जब किसी दूसरे घर के उत्तराधिकारी बने तब उनके पास केवल पढ़ाई करने-भर के पैसे थे, जिसे उन्होंने अपने बड़े भाई को सुपुर्द किया था। परन्तु जब रक्षक ही भक्षक बन जाए तो कष्ट झेलना लाज़मी था। पैसे की तंगी में उन्हें पढ़ाई में दिक्कतें आईं। वे काम करने लगे, जिसके वे अभ्यस्त न थे। वे बीमार पड़ गए और अंततः उन्होंने बिस्तर ही पकड़ लिया।

तोक्यो आने के बाद हिरोको के परिवार में एक बीमार का बोझ और बढ़ा। जिससे यही कहावत चरितार्थ हुई कि 'कंगाली में आटा गीला'।

पिताजी उस दौरान कभी बियर कंपनी में कुली या कभी केटरर के साथ छोटे-मोटे काम किया करते थे। ये सब काम घर के आस-पास थे

---

1. एक प्रकार की बाँसुरी।

परन्तु हाथ-पैरों में सूजन की वजह से ये भी छूट गए। दादी के सहायक धंधे से भी अब काम न चला। उस समय हिरोको पाँचवीं कक्षा में थी।

"हिरोको, एक बार यहाँ काम करके देखेगी क्या?" एक शाम पिताजी ने यह कहते हुए अखबार को फेंका।

हिरोको ने कटोरे को पकड़े हुए ही अखबार पर नज़र डाली। पिताजी के इन लापरवाही भरे शब्दों को सुन वह पशोपेश में पड़ गई। अखबार में एक कैरैमल कारखाने में मजदूरन की भर्ती के लिए विज्ञापन था।

हिरोको नज़रें झुका चुपचाप भात को लगातार मुँह के अन्दर घुसेड़ती जा रही थी। सभी लोग चुप्पी साधे थे।

"क्या हुआ हिरोको!" थोड़ी देर बाद पिताजी हलकी मुसकान के साथ बोले।

"परन्तु स्कूल ..." यह कहते-कहते उसके आँसू निकल आए।

"अरे अभी तो तू बेचारी ..."

"तुम चुप रहो।" पिताजी ने दादी को बीच में ही टोक दिया। हिरोको का छोटा भाई बीच-बीच में चुपके से बहन को सांत्वना भरी निगाहों से देखता। बिस्तर के ऊपर पीठ के बल लेटा बीमार भी आँखें बंद किए हुए था।

दूसरे दिन कारखाने के ऑफिस में पिताजी और क्लर्क के बीच हो रही बातचीत के दौरान हिरोको चुपचाप अलग खड़ी रही।

"तेरह साल, अच्छा!" क्लर्क नाम वगैरह लिखने में व्यस्त था।

"अभी एकदम छोटी बच्ची होने से आप लोागों को कई परेशानियाँ तो उठानी ही पड़ेगीं, परन्तु ..."

"हाँ, नहीं, अच्छा, फिर यहाँ के नियमों से वाकिफ हो ही गए हैं आप!"

क्लर्क ने पिताजी की व्यक्तिगत बातों का सिलसिला शुरू होने से पहले ही अपनी बात को आगे बढ़ाया।

वापस लौटते वक्त पिताजी हिरोको को नूडूल्स की दुकान[1] ले गए।

---

1. सोबाया।

पालथी मारकर नीची मेज पर आगे की ओर झुके पिताजी शराब पीते हुए बड़े खुश नज़र आ रहे थे।

"थोड़ा रास्ता लम्बा है परन्तु फिलहाल आजमा कर देख ले। स्कूल के बारे में इस बीच जरूर कुछ न कुछ हल निकल आएगा।"

केवल गाड़ी से कारखाने तक का सीधा रास्ता कम से कम चालीस मिनट तक का तो जरूर था। उससे भी ज़्यादा अहम बात तो यह थी कि हिरोको की एक दिन की तनखाह में से अगर गाड़ी भाड़ा कम कर दिया जाए तो कोई विशेष लाभ भी न था।

स्त्री श्रमिक प्रायः आस-पास, जहाँ वे पैदल जा सकें, ऐसी जगहों पर ही काम ढूँढ़ती थीं। अगर ऐसा संभव न हुआ तो कारखाने में ही ठहरती थीं। परन्तु हिरोको के पिताजी ने इन बातों पर कोई ध्यान न दिया। उन्होंने तो इस कारखाने को इसलिए चुना क्योंकि वह मशहूर था।

हिरोको दूसरे दिन से बुझी-बुझी कारखाने जाने लगी।

[3]

"मिच्चान, तुमने तीन बना लिए क्या?"

"नहीं, बड़ी मुश्किल से अब जाकर दो बना पाई हूँ। तुमने?"

"मेरे भी हाथ अकड़ रहे हैं ..." बीस लड़कियाँ मशीनों की दो कतारों के सामने, सफेद वस्त्र पहने, झुककर अपने हाथों से काम करती हुई बातें कर रही थीं। काम में प्रवाह और तेजी लाने के खयाल से वे अपने पूरे शरीर को यंत्रवत् हिला रही थीं।

हिरोको, बुझी-बुझी आँखों वाली लड़की, मजदूरनियों की प्रधान की बहन, ये तीनों लड़कियाँ जो अभी-अभी भर्ती हुई थीं, एक दल बनाकर एक ही मशीन पर काम कर रही थीं। तीनों औरों से दूर कमरे के एक कोने में थीं और छोटे से कागज़ के टुकड़े में एक अनाड़ी की तरह कैरैमल लपेट रही थीं।

"सभी बड़ी जल्दी कर लेती हैं काम!" हिरोको बुझी आँखों वाली लड़की से बातें करने लगी।

"करेंगी क्यों नहीं, वे लोग तो काफी दिनों से काम कर रही हैं!"

"हाँ, फिर तो स्वाभाविक है," प्रधान की बहन धीरे से बोली। इस

लड़की का शरीर दुर्बल, छोटा और मुँह नुकीला था जिससे वह वयस्क लगती थी।

हिरोको की बगल वाली लड़की की आँखें ट्रेकोमाग्रस्त होने ही वजह से हमेशा बुझी-बुझी रहती थीं। उसका शरीर छोटा और बेज़ान था।

जहाँ बाकी लोग थे, वहाँ से किसी ने एक लोकप्रिय गीत गाना शुरू कर दिया। वह गाने के आगे-पीछे कभी धुन जोड़ती और कभी ताल।

अंत में हिरोको अपने द्वारा तैयार किए कुछ डिब्बों को इकट्ठा कर गिनने लगी। तभी ऑफिस का क्लर्क दोनों हाथों में दो कागज लिए कमरे में घुसा। हिरोको सोचने लगी कि शायद उस क्लर्क को कहीं पहले देखा था उसने।

''देखें, आज किसका नाम है?''

''लगभग निश्चित ही है। जरूर उमेचान ही होगी।''

''वैसे तो मैंने भी कल काफी काम किया था, पर ...''

इस बीच क्लर्क उस तरफ गया जिस ओर दीवार थी और एक कागज महिला-प्रधान को पकड़ाया। फिर हाथ बढ़ाकर एक चिपकाया। एक दिन पहले की उत्पाद-परिणाम-तालिका थी वह। श्रेष्ठ तीन लोग और बेकार तीन का नाम रोज दीवार पर चिपका दिया जाता था।

''सचमुच वही हुआ।''

''उमेचान से कोई बाज़ी नहीं जीत सकता!''

''डटकर काम नहीं करोगी तो बेकार है।'' क्लर्क ने हलकी मुसकान के साथ चिढ़ाते हुए कहा।

हिरोको ने सिर नीचे लटकाए किसी को अपना नाम पढ़ते हुए सुना। सख्त-मिजाज महिला-प्रधान शिमादा अपनी बहन को फटकार रही थी, ''तुम्हें भी डटकर काम करना पड़ेगा।''

हिरोको को अपने स्कूल के दिन याद आ गए। स्कूल में भी उसका नाम चिपकाया जाता था; परन्तु कमजोर बच्चों में नहीं। हिरोको किसी भी तरह जल्दी से काम में निपुण होना चाहती थी। जब और लड़कियाँ पाँच डिब्बे बना लेती थीं तो वह केवल ढाई बना पाती थी।

'शायद आज ज़्यादा बना लिया,' ऐसा सोचने पर जब उसने देखा, तो सिर्फ ढाई डिब्बे ही निकले। हिरोको व्याकुल हो गई। वह चाहती थी

कि किसी भी तरह अपना नाम बेकार लोगों की सूची से निकलवा फेंके।

सभी काम में मशरुफ़ हो जाते। मुकाबला जो था एक-दूसरे से। सभी लड़कियाँ परिणाम-तालिका के चिपकने को लक्ष्य बनाकर अपने छोटे दुखते शरीर की परवाह किए बगैर बस तन-मन से लक्ष्य-प्राप्ति की ओर काम करती रहतीं।

[4]

उन लड़कियों के कार्य-कक्ष के पीछे का हिस्सा नदी की ओर था। यह कमरा दिन-भर धूप से वंचित रहता। कमरे का प्रवेश-द्वार कारखाने के अन्दर एक अँधेरी गली से था, इसलिए रोशनी केवल नदी की तरफ की खिड़की से ही आती थी। खिड़की से खाली काठ के पीपों से लदी या कूड़ा-करकट से भरी नावें सुबह से लेकर शाम तक बदबूदार नदी में धीरे-धीरे हिलती-डुलती चलती दिखतीं या फिर दूसरी ओर तट पर बने घरों का अस्त-व्यस्त-सा पिछवाड़ा दिखता।

ईंधन से काले पड़े उन घरों की छतों में साबुन, मदिरा के विज्ञापन आदि के बोर्ड लगे थे। उन बोर्डों पर दिन-भर धूप पड़ती रहती। वह सूरज की किरणें खुशनसीब-सी दिखतीं। बंद खिड़कियों के शीशों पर उनके गर्माहट की हलकी छाप ही दिखती। दिन ढलने को होता तो एक पतला-सा सिंदूरी रंग गंदे शीशे की खिड़कियों पर तिरछा पड़ता और फिर तुरन्त ही लुप्त हो जाता। उसके बाद कमरे के अन्दर एकदम अँधेरा छा जाता। आजकल रोज हवा बहने से खिड़की पर लगे शीशे के दरवाजे खट-खट बजते रहते और एक खिड़की में छेद होने की वजह से ठंडी हवा बिना रोक-टोक के कमरे के अन्दर घुस आती। उस छेद की मरम्मत की शिकायत कुछ दिन पहले से ही दर्ज थी; परन्तु आज तक वह ठीक नहीं हुआ।

वे लड़कियाँ पूरा दिन लकड़ी के फर्श पर लगातार खड़ी काम करती थीं। अभ्यस्त होने तक उनकी टाँगें डंडे की तरह सीधी अकड़ जातीं। उनमें से कुछ को घुटन से चक्कर आने लगते। शाम होने तक कुछ का शरीर पूरा ठण्डा हो जाता और पेट में पीड़ा उमड़ने लगती। वे

सभी पेट को गर्म रखने के लिए चौड़ा पेटीनुमा पहनावा[1] डालकर आतीं और पिताजी के पुराने अंडरपैंट को छाती तक खींचकर पहनतीं।

[5]

दोपहर के भोजन के वक्त से थोड़ा पहले कुछ लड़कियाँ जो बेसब्री से भोजन का इन्तजार कर रही थीं; बोलीं' "क्या यही सही समय नहीं होगा गर्म करने का?"

"जल्दी नहीं करेंगे तो अच्छी तरह गर्म भी नहीं हो पाएगा।"

"साथ में मेरा भी लेती आना।"

"मेरी भी, बैंगनी रंग की पोटली।"

और देखते ही देखते अँगीठी के चारों ओर एल्युमिनियम के डिब्बों का ढेर लग गया। सुबह छह बजे का भरा खाना एल्युमिनियम के डिब्बों के अन्दर ज़म-सा गया था। अँगीठी के चारों ओर बैठकर वे सभी एक दूसरे से अपने असंतोष प्रकट करने लगीं, जो स्वाभाविक ही था।

"मेरी माँ को बच्चा होने वाला है। मैं तो तंग आ गई बच्चों से। घर पहुँचते ही मुझे छोटे भाई-बहनों की देखभाल करनी पड़ती है; इसलिए मेरे लिए तो कहीं काम करना ही ज़्यादा बेहतर है।"

"नए साल पर भी तो मैं कुछ नहीं खरीद पाती। बड़ा नीरस-सा लगता है।"

"मैं भी दिलेरी से काम करने की सोचती हूँ। फिर हमारे घर में तो केवल माँ ही है जो काम पर जाती है। इसलिए ज़्यादा पैसा कमाने की तरकीब सोचने चाहिए मुझे।"

"तो क्या तुम शराब पिलाने वाली का काम करोगी?" एक लड़की ने इधर झाँकते हुए पूछा।

"नहीं भाई, साकी-वाकी नहीं बनना मुझे।"

"अच्छा, परन्तु मेरी बहन तो जब भी घर लौटती है, हमेशा सुन्दर कपड़े पहने रहती है।"

"मुझे अच्छा नहीं लगता यह सब। मैं सुन्दर कपड़े नहीं पहनना

---

1. हारामाकी।

चाहती।''

हिरोको और ट्रेकोमाग्रस्त लड़की एक ओर खड़ी इन लड़कियों की बातें सुन रही थीं।

हिरोको ने ट्रेकोमा वाली लड़की से हलके से पूछा, ''क्या तुम स्कूल नहीं जाना चाहती?''

''मेरी तो आँखें खराब हैं, इसलिए स्कूल जाना बेकार है।''

तीन बजने पर सभी ने शाम का नाश्ता खाया। नाश्ते का खर्च उनकी एक दिन की तनखाह से निकलता था। एक सेन की भुनी शकरकंदी हमेशा के लिए तय थी।

सबसे पहले दिन हिरोको के पास, वह एक सेन न होने की वजह से, उसे बहुत शर्म आई थी। उसके बाद वह कम-से-कम एक 'सेन' ले जाना न भूलती। शकरकंदी खरीदने के लिए बारी-बारी से दो-दो लड़कियाँ जाती थीं। बस, इतना भर बाहर जाने की इजाजत थी उन्हें।

कारखाने के सामने वाली सड़क पर पुराने कपड़ों की दुकानों की कतार थी। गर्म मोटे कपड़े की बनी जैकेट और अन्य कपड़े हवा में लहलहा रहे थे। सफेद कोट की बाँहें मोड़े, हाथों को एप्रेन के अन्दर डाल ठिठुरते-हुए चलने से इन लोगों की बेचारगी साफ झलकती थी।

[6]

ये लड़कियाँ जिस कैरैमल को लपेटती थीं, वह दूसरे कमरे में बनता था। उसको बड़े डिब्बों में भर मर्द-श्रमिक यहाँ तक ले आते थे।

''आज लेमन है।''

''देखा न! इतनी देर पहले से महक आ रही थी।''

पाउडर से भरा कैरैमल को जब मशीन में पलटा गया तो आवाज़ हुई। साथ-ही साथ मीठे लेमन की खुशबू भी फैली। कारखाने के मालिक के लिए यह अक्सर घाटे का सौदा था इसलिए लेमन का कैरैमल कभी-कभी ही तैयार किया जाता। अपने हाथों से अपनी पसंदीदा चीज से मिठाई बनाना ही इन लड़कियों के लिए सबसे बड़ी खुशी की बात थी। वे यह सोचकर ही खुश दिखती थीं कि यह लेमन का कैरैमल जब बाज़ार में जाएगा तो बच्चे भी काफी प्रसन्न होंगे।

लड़कियों को कैरैमल का खाना खाने की इजाजत थी। हिरोको और ट्रेकोमा वाली लड़की ने भी उठाकर खाया।

''अरे, खाने की इजाज़त है तो क्या हुआ! इतना खाओगी तो डाँट पड़ेगी...।''

उस दुष्ट महिला-प्रधान की बहन का सिर लटक-सा गया। हिरोको ने पलटकर देखा, कारखाने के मालिक की पत्नी दौरे पर थी।

'ठण्ड है।...'

'ठण्ड है।...'

सभी ने मुँह के अन्दर बुदबुदाते हुए सिर झुकाकर अभिवादन किया।

कारखाने में रोज मालिक 'चक्कर' लगाते थे। अगर वह नहीं तो उनकी पत्नी ही आ जाती थी। कभी-कभी दोनों इकट्‌ठा भी आ जाते थे।

पत्नी चुपचाप कमरे के ठीक मध्य आकर रुक गई। उन्होंने ओशिमा की पोशाक पहनी थी और हाथ पीछे किए हुए थी। उनके पीछे-पीछे उनकी प्यारी-सी निजी सेविका थी।

सेविका को हमेशा मालकिन के नजदीक में रह कर काम करना होता था, इसलिए उसे अच्छे वस्त्र पहनाए गए थे। महिला-प्रधान बगल में मधुरता से कुछ सूचित कर रही थी। मालिकिन 'ऊँह', 'ऊँह' हुँकारती ठोढ़ी हिलाती सुन रही थी।

मालकिन संतुष्ट-भाव से थोड़ा मुस्कुराई। लड़कियाँ हमेशा की तरह आज्ञा का अनुसरण कर ध्यानपूर्वक अपने काम में लगी रहीं।

इतना ही शायद काफी नहीं था, इसलिए जब लड़कियों के घर लौटने का वक्त आया तो फाटक पर एक-एक लड़कियों की बाँहें, जेब और खाने के डिब्बे, खोल-खोल कर देखे गए। सभी खुली हवा में खड़े होकर अपनी बारी का इंतजार करती रहीं।

''बड़ा हुकूमत जता रहे हैं!'' मालकिन को निकास-द्वार से बाहर जाते देख हिरोको बगल वाली लड़की से बुदबुदा कर बोली।

''चुप, डाँट पड़ेगी।'' पलकों को झप-झप बुझाती उस लड़की ने हिरोको को कारखाने की परिस्थितियों से अनभिज्ञ समझ हिदायत दी।

हिरोको अभी तक यही सोच रही थी कि किसी की भी पत्नी छोटी बच्चियों के प्रति हमेशा अपना मुस्कुराता चेहरा ही दिखाती है।

''सुमी जी, इतना सुन्दर पोशाक पहनकर आपको बहुत अच्छा लग रहा होगा। तुम तो बहुत ही खुश किस्मत हो।'' महिला-प्रधान की बहन सेविका से कुढ़ते हुए बोली।

मालकिन के दिखते ही हिरोको, महिला-प्रधान की बहन, और ट्रेकोमाग्रस्त बुझी-बुझी आँखों वाली लड़की अपने-अपने काम पर लग जातीं।

बेसमेंट के संकीर्ण अँधेरे गलियारे के तख्ते पर पैर रखते ही आवाज होने लगती थी और छत से टँगा बल्ब हिलने लगता। लड़कियाँ शोर मचाती नीचे उतर रही थीं। यह शाम के जलपान का समय था। महिला-प्रधान ने ऐलान किया कि आज का काम यहीं पर समाप्त होता है।

''यानी फिर से बोतलों की सफाई?''

''बिलकुल मन नहीं करता इस ठण्ड में उन्हें साफ करने का।''

''प्रधान जी, आज गर्म पानी मँगवा लीजिए न।''

हमेशा कैरैमल का काम जब इस तरह समाप्त होता तो श्रृंगार-द्रव्य की बोतलें साफ कराई जाती थीं। दरअसल यह कारखाना शुरू से ही श्रृंगार-द्रव्य बेचता था।

[7]

बेसमेंट में बोतलें साफ करने वाली जगह का फर्श कंकरीट से बना था, जिसकी वजह से वहाँ हमेशा सीलन और गीला रहता था। तख्ते के ऊपर नंगे पाँव इन्हें काफी ठण्ड लग रही थी। ऊपर की खिड़की से किसी जलपोत से दुंबाल की आवाज आई।

''ओह! यह तो एकदम ठण्डा पानी है। गर्म पानी नहीं है क्या?'' एक ने निराश होकर जोर से कहा। दो, तीन तीखे स्वर वातावरण में गूँज गए।

''सहन नहीं होता यह। ऐसा...''

''भई, गर्म पानी माँग लेते हैं।''

महिला-प्रधान पशोपेश में पड़ गई, "रुको, अभी पानी माँग कर लाती हूँ।" कहती हुई वह दूसरे कार्य-कक्ष की ओर परामर्श के लिए चली गई।

सभी अपनी खीज दबा, उन छोटी-छोटी बोतलों को एक-एक कर खँगालने लगे। जरा-सा भी पानी के बाहर हाथ निकला नहीं कि जोर से दर्द होता और त्वचा फट जाती। फिर हड़बड़ाहट में हाथ को पानी के अन्दर पुनः घुसेड़ देतीं। चुप-चाप बोतलों को धो रही हिरोको की नाक की नोक से टप-टप आँसू बहने लगे।

[8]

हिरोको को कारखाने जाते अब करीब एक महीना हो चला था। उस दिन गाड़ी भाड़ा न बचने की वजह से उसे पैदल ही घर लौटना पड़ा। अब तक कई बार सुबह भी कारखाने पैदल ही आना पड़ा था; परन्तु उस वक्त दादी साथ आ जाती थी। दोनों लगभग दो घंटा पैदल चलने के बाद अपने गंतव्य स्थान, यानी कारखाने तक पहुँचते तो सड़क की बिजली एकसाथ एकाएक बुझ जाती। अब तो पैदल चलने में हिरोको निपुण हो चली थी।

आठ बज चुके थे। घर की सारी खिड़कियाँ बन्द कर सभी एक कमरे में सहायक धंधे करने में जुटे थे। बल्ब की रोशनी के नीचे घुटने टेक, ऊन की टोपी बुनते दादी के तेज चलते हाथों के साथ-साथ पतली कोमल ऊन की डोर हलकी आवाज़ के साथ रगड़ खाती सरक रही थी। बल्ब की रोशनी में भूरे रंग के ऊन के टुकड़े नाचते प्रतीत हो रहे थे। कोने में दीवार से लगा बीमार शरीर बिस्तर में पेट के बल लेटे हरे रंग के कागज पर रंगीन पेन्सिल से गुलाब का फूल, चिड़िया आदि बनाने में मशगूल था। इनसे तरह-तरह की कापियों के आवरण बनने थे। पिताजी गद्दी के ऊपर पालथी मारे नमूने की प्रति का निरीक्षण कर रहे थे।

चारों ओर चित्र बनाए हरे रंग के कागज का ढेर फैला हुआ था। छोटा भाई दादी के पीछे बैठा कुछ देर से एक पत्रिका पढ़ने में डूबा हुआ था। उसकी आँखें लाल हो चली थीं।

हिरोको ने रसोईघर की तरफ वाले दरवाजे[1] के पास खाने के लिए स्टूल निकाला। अँगीठी के ऊपर पतीले में खिचड़ी[2] उबल रही थी। इकहरी दीवार के दूसरी ओर से लकड़ी और पुआल की चप्पल मरम्मत करने वाले व्यक्ति के घर से हमेशा की तरह देर रात तक काम करने की आवाज इतनी साफ सुनाई दे रही थी मानो दोनों घर एक ही हों।

''बाहर से घर आओ तो इस तरह गर्म-गर्म खाना खाने में ही दुनिया की सबसे बड़ी खुशी है।'' हिरोको घर पहुँची तो एक कमाने वाले व्यक्ति के अंदाज़ में गर्म-गर्म खिचड़ी का लुल्फ उठाते हुए बोली। उसका चेहरा भाप से गुलाबी हो चला था।

''हा, हा, हा, ऐसी धृष्टता! ... क्यों, आजकल कितना बना लेती है? क्या वही ढाई डिब्बे?''

पिताजी के ताने भरे शब्दों को सुन, हिरोको का चेहरा तमतमा उठा और वह नीचे देखने लगी।

इधर कुछ दिनों से कारखाने में दिहाड़ी पर मजदूरी की व्यवस्था बन्द कर दी गई। उसके एवज में डिब्बों को गिनकर तनखाह देना शुरू कर दिया गया। यानी एक डिब्बे पर सात सेन। काम में अभ्यस्त हो चलीं लड़कियों की तो आमदनी बढ़ गई, परन्तु ज्यादातर लड़कियों को अभी तक मिलती दिहाड़ी के बराबर पैसा हासिल करने के लिए पहले से भी कहीं ज्यादा मेहनत करनी पड़ रही थी। वे लड़कियाँ पहले भी जी-जान से काम करती रही थीं। दिहाड़ी अब डिब्बों के हिसाब से तो मिलेगी परन्तु उसके अनुपात में परिश्रम का रातों-रात बढ़ना कतई सम्भव न था। इनकी आमदनी अचानक नीचे गिरी। हिरोको जैसी लड़कियों की आमदनी एक तिहाई कम हो गई। ऊपर से परिणाम चिपकाने का सिलसिला जारी रहा। खाना खाने के बाद अब महिला-प्रधान के लिए 'चलो, अब काम पर लग जाओ' कहने की भी आवश्यकता न रही। लड़कियाँ, पहले जितनी तनखाह पाने की लालसा में भरपूर तरीके से हाथ-पैर मारती रहीं।

1. सरकने वाला दरवाजा जिसे जापानी में शोजि कहते हैं।
2. जोसुइ (एक खाना जो चावल में सब्जियों आदि विभिन्न चीजें गड्ड मड्ड मिलाकर अधिक पानी में पकाने सें तैयार होता है।

''यह तो ज्यादती है। मालिक भी ऐसे समझ रहे हैं, जैसे आठों गाँठ कुस्मैत!''

दादी ने नाक सुड़की और अपने हाथ से बना रही ऊन की टोपी उल्टा करते हुए बोली, "इसी को देख लो, इसमें कोई गाँठ या छेद आ जाए तो हरजाना भरना पड़ेगा। धागा खराब होने से आज इसमें गाँठ लग रही है। इसलिए डर के मारे अब इसे यहीं बनाना छोड़ रही हूँ।''

''यह तो माँ, तुम्हारी बात है...परन्तु हिरोको, इस तरह काम करने से क्या कभी निपुण हो पाओगी?'' पिताजी तम्बाकू में आग सुलगते हुए बोले।

''भरपूर कोशिश तो कर रही हूँ पर...।''

''छोड़ देना कैसा रहेगा?'' पिताजी ऐसे ही बोल पड़े।

हिरोको ने अचानक अपना सिर ऊपर उठाया। ''फिर उसके बाद क्या करेंगे?''

''फिलहाल कोई और चारा नहीं है। बाद में कुछ सोच लिया जाएगा।...''

''वहाँ जाने में थोड़ी दिक्कत तो है ही, क्योंकि दूर भी है।'' बीमार ब्रुश को एक ओर रख करवट बदलते हुए बोला।

पिताजी की बातों को जैसे बल मिल गया हो। वह स्पष्टता से बोले, ''छोड़ दो, छोड़ दो, कोई फायदा नहीं है। रोज का गाड़ी भाड़ा भी उस पैसे से निकल जाए तो फिर बचेगा क्या।'' हिरोको को लगा कि यह सब कुछ उसके परिश्रम में कमी की वजह से हो रहा है।

उस रात हिरोको न मालूम कितने दिन बाद हलके मन से सोने गई। ट्रेकोमाग्रस्त सहेली, वापसी के वक्त फाटक में जाँच-पड़ताल का दृश्य, महिला-प्रधान की बहन का सेविका के पहनावे पर धृष्टता से ताने कसना आदि उसकी आँखों के सामने तैरने लगे।

'शरीर मजबूत नहीं है इसलिए हलके काम वाली नौकरी ढूँढ़नी होगी।' पिताजी के इस कथन को ध्यान में रखते हुए नौकरी ढूँढ़ने के लिए बिचौलिए का व्यवसाय करने वाली एक बूढ़ी अम्मा के साथ हिरोको बड़े बाजार की एक छोटी चीनी नूडूल्स की दुकान पर मालिक से मिलने गई। वहाँ हिरोको आलू का छिलका भी न छील पाई।

एक दिन गाँव के स्कूल से अध्यापक जी का पत्र आया?

'वैसे तो यह कोई मुश्किल बात नहीं है, फिर भी अगर किसी से किसी तरह पढ़ाई के खर्चे का प्रबंध करके प्राइमरी स्कूल तक की पढ़ाई पूरी कर लेती तो अच्छा रहता...?

ऐसा ही कुछ पत्र में लिखा था।

पोस्ट ऑफिस से नए पते पर पुन: प्रेषित चिट्ठी इस नुडूल्स की दुकान तक पहुँची थी। उस वक्त वह मालिक की ही दुकान में रह रही थी। पत्र खोलकर उसने पढ़ लिया था। उसे पकड़े हुए वह शौचालय में घुस गई। उसने उसे बार-बार पढ़ा। वहाँ अँधेरे की वजह से वह साफ-साफ न पढ़ सकी। शौचालय के अंदर उकड़ूँ बैठी हिरोको फारिग हुए बगैर रोने लगी।

आबे कोबो

(1924-1993)

1924 में तोक्यो में जन्मे आबे कोबो का बचपन मंचूरिया में बीता। तोक्यो विश्वविद्यालय से चिकित्सा स्नातक होने के बावजूद उन्होंने साहित्य को ही अपना व्यवसाय बनाया। उनका देहांत 1993 में हुआ जब वे 69 वर्ष के थे। 'लाल कोया' (आकाई मायू, 1949), 'दूसरे का चेहरा' (तानीन नो काओ, 1964) और 'विखंडित नक्शा' (मोएत्सुकिता चीज़ू, 1967) कोबो की प्रमुख रचनाओं में गिनी जाती हैं। कविता, उपन्यास, कहानी, नाटक और चित्रपट कथा के क्षेत्र में आबे कोबो की एक विशिष्ट भूमिका रही है। उत्तर-महायुद्ध काल के प्रतिभाशाली जापानी साहित्यकार के रूप में उनकी ख्याति 'रेत की औरत' (सुना नो ओन्ना, 1962) के प्रकाशन के बाद दुनिया के हर कोने तक पहुँची। साहित्य की ओर उनका रुझान तोक्यो में चिकित्सा अध्ययन के समय से ही रहा और पचास के दशक से ही उनकी कविताओं और उपन्यासों को जापान के श्रेष्ठ साहित्य-पुरस्कारों से नवाज़ा जाने लगा। इसके बावजूद जापानी मानसिकता आबे कोबो की रचनाओं को पश्चिमी विचार से प्रभावित मानती रही और उनके नवीन प्रयोगों को ठीक से समझ न सकी। 1962 के बाद आबे कोबो की रचनाओं के प्रायोगिक लेखन ने अपना ऐसा रंग जमाया कि तत्कालीन जापानी साहित्य के हर पहलू पर उनकी रचना शैली की छाप देखने को मिलती है। प्रस्तुत कहानी 'मृतात्मा का गीत' (शिंदा मुसुमे गा उतात्ता, 1954) तब की रचना है जब साहित्य के साथ-साथ कोबो राजनीति में भी सक्रिय थे। वामपंथी विचारों के कारण उन्होंने अपनी रचनाओं के माध्यम से जमाखोरी तथा पूँजीवाद पर करारे वार किए।

मृतात्मा का गीत

मूल शीर्षक : शिन्दा मुसुमे गा उतात्ता 1954,
स्रोत : आबे कोबो: आर 62 गो नो हात्सुमेइ नामारी नो तामागो, शिन्चोबुन्को, शिन्चोशा, 1974, पृष्ठ 102-121

"तुम वाकई बेवकूफ़ हो, जो अब शादी की बात कर रही हो।" 'के' बोला।

ग़ौर किया जाए तो 'के' शायद ठीक ही कह रहा था।

"तुमने मुझे पहले पत्र क्यों नहीं लिखा?" 'के' ने गुस्से से कहा।

परन्तु किसी ने अगर मेरे पत्र का जवाब नहीं दिया था तो वह 'के' ही था। मैं नहीं मानती कि मैंने कोई गलती की थी, मैंने सोचा।

"इससे तो बेहतर होता कि तुम भाग आती।" 'के' ने आख़िर में चीख़ते हुए कहा और मैं रो पड़ी। 'के' को क्या मालूम कि मैं भागते ही तुरंत रास्ता भटक जाती।

"रोओ, और रोओ!", 'के' ने मेरे चारों ओर घूमते हुए कहा, "तुमने अपने ऊपर थोड़ा भी ध्यान नहीं दिया; इसलिए तुम मेरी भावनाओं को ज़रा भी समझ नहीं सकतीं। लेकिन, हाँ, तुम्हें मैं एक बात बता दूँ, और वह यह कि एक कुत्ता तो अपनी जान नहीं ले सकता, परन्तु एक इन्सान खुदकुशी कर सकता है। अगर अब भी बात समझ में न आई हो, तो कुत्ते की तरह भौं-भौं करती रोती रहो।"

यह सोचकर मैं चिंतित हो उठी कि कहीं मैं सचमुच कुत्ते की तरह तो नहीं भौंक रही? मैं अपने-आप ही चुप हो गई। रोना बन्द कर जब मैंने सिर उठाया तो पता नहीं 'के' वहाँ से कब का जा चुका था, और ठीक जहाँ वह बैठा था, अब वहाँ गोलियों से भरी एक छोटी शीशी पड़ी थी।

मुझे लगा, जैसे 'के' नींद की इस दवा से मुझे मरने को कह रहा है। ऐसा ख़याल आते ही, भारमुक्त हो, मेरे अंदर मरने की इच्छा जाग्रत हो गई। पहले मैंने दस गोलियाँ खाईं फिर तीन-चार मिनट बाद एक असहनीय डर से ग्रसित हो, हड़बड़ी में पूरी की पूरी शीशी ख़ाली कर डाली। मुझे लगा जैसे कि मैं एक ऐसे खंभे में परिवर्तित हो गई हूँ जिसे हथौड़े से लगातार मारा जा रहा हो! मैं गहरी नींद के आलिंगन में गिरफ़्तार हो गई।

जब मैं चेतना में लौटी तो मैंने पाया कि एक आत्मा बन कर मैं अपनी मृत काया के पास बैठी हुई हूँ।

कमरा तो पहले जैसा ही चौकोर था परंतु और सब चीज़ें मुझे थोड़ा सिकुड़ी हुई लगीं। यहाँ तक कि मेरी लाश भी सिकुड़ी दिख रही थी। थोड़ा परेशान-सा चेहरा, हलकी खुली बाईं आँख, कॉलर से सटी दाहिने हाथ की तर्जनी – ये सब कितने मनोहर लग रहे थे! मरे चेहरे को धीरे से थपथपाते हुए मैं दुःख में ज़ोर से रोने लगी। कितना अच्छा होता अगर 'के' मेरे रोने की आवाज़ सुन पाता!

रोने के दौरान मुझे अचानक आभास हुआ कि कोई मुझे देख रहा है। मैंने अपनी नज़रें दौड़ाईं तो पाया कि सचमुच चार-पाँच मरे हुए लोग मेरे पीछे घूमते हुए खुली खिड़की से एक के बाद एक बाहर जाने की कोशिश में लगे हुए थे। स्कूली वर्दी में एक नौजवान, एक सिपाही, जिसकी ठोढ़ी की जगह गाय का मांस चिपका था, खून से सराबोर कमीज़ पहने एक आदमी जिसके घुटने से नीचे का हिस्सा था ही नहीं, तितर-बितर अस्थि-पंजरों के साथ एक घुमक्कड़ और हाँ, एक शख़्स, जो शायद सिपाही ही रहा होगा, उसके हाथ-पैर बेढंगे तरीके से जुड़कर एक भयंकर रूप बनाए हुए थे। क्या ये लोग हमेशा मुझे इसी तरह देखते रहते थे?

"रुको, अभी बताती हूँ तुम्हें।" अनायास ही मैंने आवाज़ लगाकर

उन्हें रोकने की चेष्टा की। वे मरे लोग एक-दूसरे को धकेलते हुए बिना पीछे मुड़े ही तेज़ी से भाग खड़े हुए।

मरकर सब ख़त्म हो गया हो, ऐसी बात नहीं। यह सोचते ही मैं भयभीत हो गई। दूर कहीं मरे माता-पिता, छोटे भाई-बहनों के चेहरे मेरी आँखों में झलकने लगे। खाली पेट, सर्दी के बिना ही ठिठुरती काया, मेरे पैसों का इंतज़ार करते मुरझाए चेहरे मुझे लगातार घूर रहे थे।

''तुम्हें अपनी आत्महत्या की सज़ा भुगतनी होगी, परंतु इसमें मेरी कोई गलती नहीं है, है न!'' ऐसा कहकर मैंने अपने मृत शरीर के चेहरे को हलके से थपथपाया।

मृत शरीर के होंठों पर हलकी मुसकान तैर आई।

मैं खिड़की के पर्दे पर रेंगती हुई चढ़ी और बाहर झाँकने लगी। मुझे लगा, जैसे 'के' एक कोने में खड़ा मेरा इन्तज़ार कर रहा है। ज़ाहिर है कि वहाँ 'के' नहीं था। बदले में गाड़ियाँ, साइकलें, उड़ने की रफ़्तार से भागती नज़र आईं। केवल वाहन ही असामान्य रफ़्तार से नहीं भाग रहे थे, बल्कि लोग भी मोटरकार की रफ़्तार से चल रहे थे। कुछ लोग खड़े-खड़े बातें कर रहे थे। उनके हाव-भाव प्रबल और मुँह इतनी तेज़ी से चल रहे थे, जैसे खौलते पानी की केतली का ढक्कन। असंभव! इस कमरे से मेरे लिए अब बाहर निकलना असंभव है, और मेरे मरने से पहले भी तो यही स्थिति थी। आतंकित हो, मैं अपने शव के पास फुर्ती से वापस लौट आई। मुझे महसूस हुआ, मैं एक छोटी-सी नाव में बैठी, अकेली समुद्र के बीचोबीच बहती जा रही हूँ।

महानगरी तोक्यो एक विशाल समुद्र की तरह है। न मालूम इसमें कितने लोग और कितने शहर हैं! फिर भी हरेक व्यक्ति और शहर इतने मिलते-जुलते हैं कि उनमें फ़र्क कर पाना प्रायः मुश्किल है। कितना भी चलते रहो, तब भी मानो तुम उसी जगह हो। हर दिशा में लोग रास्ता भटक रहे हैं।

और यही कारण था कि जब मैं दस दिन पहले तोक्यो आई तो मानचित्र के अनुसार चलने के बावजूद तीन बार रास्ता भटक गई। बस, मेरे सोचने की देर थी कि यहाँ पुल तो हो ही नहीं सकता, कि मेरी नज़र एक पुल पर गई जिसके नीचे नदी न होकर मकान थे। रेलगाड़ी में चढ़ी

तो वह पीछे की ओर चलने लगी। एक ही घर के दो नंबर। इन तमाम उलझनों के कारण मैं रास्ते के सारे दृश्य भूल-सी गई।

परन्तु इस दुकान में आने के बाद की घटना कोई मुझे भूलने को भी कहे तो मैं नहीं भूल सकती। जब मैं इस दुकान के सामने पहली बार आ खड़ी हुई तो मुझे यकीन हो गया कि वास्तविक तोक्यो तो इसके अंदर है। दुकान के भीतर इतनी शांति थी, जैसे कोई रहता ही न हो! आस-पास के सभी मकान इस कदर चमक रहे थे मानो ये रंगीन शीशे के बने हों, दुकान की चमक-दमक भी कोई कम न थी। मुख्यद्वार के चारों ओर चाँदी जैसी चमक थी और दरवाज़ा नीले रंग का, यानी किसी से भी कम नहीं थी दुकान की खूबसूरती। मेरा सीना जोर-जोर से धड़कने लगा और आँखों में थोड़ी खुशी के आँसू भी छलक आए।

दुकान के मालिक का कद ऊँचा था और रंग फीका। आँख के नीचे का उभार मांस की थैली के जैसा था। हर वक्त पुराने रेडियो की तरह उसके मुँह से एक विचित्र ध्वनि निकलती। मैंने जब अपना परिचय-पत्र दिखाया तो उसने दया भाव से 'मुझे मालूम है' बोल एक सफ़ेद कोरे कागज़ पर मुझे अपने नाम की मुहर लगाने को कहा। 'मेरे पास मुहर नहीं है' कहने पर, 'शायद ऐसा ही होगा, सोचकर मैंने पहले ही तैयारी कर ली थी' कह वह एक मुहर ले आया, जिसमें मेरा नाम खुदा हुआ था।

"बस, अब तो तुम मेरी बेटी की तरह ही हो। चेहरा लाल और गोल होने की वजह से तुम्हारा नाम उमेको रख देते हैं ... परन्तु उमेको, यह तो बताओ कि तुम क्या काम कर सकती हो?" मालिक ने पूछा।

"रॉलर-स्केट।" मैंने विनम्रतापूर्वक जवाब दिया।

"अरे, ... उस कारखाने से आने वाली सभी लड़कियाँ रॉलर-स्केट की खिलाड़ी लगती हैं, हैं न?"

"हाँ"

"परन्तु मेरे यहाँ तो रॉलर-स्केट से सम्बन्धित कोई काम नहीं है। इसलिए बताओ कि तुम और क्या कर सकती हो?"

"सफाई।"

"सफाई? ... फिर तो यही ठीक रहेगा, है न, सफाई में निपुण

लड़कियाँ ईमानदार होती हैं। उनकी ईमानदारी की परीक्षा बसंत में होती है जब खुश्क हवा चारों ओर धूल भर देती है। तो क्या मैं उम्मीद करूँ कि तुम घर की सफाई करने में भरसक प्रयत्न करोगी?''

''जी हाँ!''

''परन्तु, तुमसे पहले आई तुम्हारी सहेलियों को न मालूम क्यों सफाई करना पसन्द नहीं था। इससे अधिक उन्हें सुन्दर वस्त्र पहनने का शौक था और यह कहकर कि उन्हें घर पैसे भेजने पड़ते हैं, वे ग्राहक स्वीकार करने लगीं। हालाँकि मैं उन पर ख़ास गुस्सा नहीं हुआ; क्योंकि यह तो उनकी स्वेच्छा का सवाल था। स्वेच्छा का लिहाज तो रखना ही पड़ता है और ख़ास कर उनकी परिस्थितियाँ जानने के बाद इसको अनुचित भी नहीं कहा जा सकता। ख़ैर, क्या तुम ग्राहक लेने का मतलब समझती हो?''

''... '' मैंने नजरें झुका लीं, कुछ बोली नहीं।

''तुम्हें मालूम नहीं है क्या?'' ... हाँ, तो मैं यह समझूँ कि तुम जानती हो। ठीक है। इसका मतलब यह हुआ कि तुम सिर्फ एक नौकरानी का काम करने की इच्छा रखती हो, ग्राहक नहीं लेना चाहती?''

''जी हाँ!''

''खूब, बहुत खूब! तुम्हें सफ़ाई पसन्द है, इसलिए यही ठीक है। मनुष्य के लिए अपनी इच्छानुसार काम करते हुए प्रसन्नचित रहना ही सबसे उत्तम बात है। निःसंदेह तुम्हारा ताल्लुक एक अमीर परिवार से है। है न?''

''नहीं, एक मुफ़लिस परिवार से। बहुत ही गरीब।''

''क्या? तुमने गरीब कहा? ... तब भी तुम्हारे माँ-बाप ने तुम्हें इस तरह स्वेच्छा से जीवन गुजारने की इजाज़त दे दी? कुछ समझ में नहीं आता मुझे। यह मेरी समझ से बाहर है। ज़रूर तुम्हारे माँ-बाप अपनी बेटी के प्रति असीम स्नेह रखते हैं। बेटी की खुशहाली के लिए वे हर तरह का कष्ट झेलने के लिए तैयार हैं। चलो माना कि वे गरीब हैं लेकिन शायद खाने-पीने की किल्लत तो नहीं होगी?''

''नहीं, किल्लत है।''

‘‘क्या कहा, किल्लत है? तब तो मेरे लिए और भी रहस्मय बात है। अगर उन्हें पैसे की ज़रूरत होती तो वे ज़रूर तुमसे पैसे भेजने की उम्मीद रखते। वे अपनी भूख को सहन कर भी बेटी से उसका पसंदीदा सफ़ाई का काम करवाना चाहते हैं, जब कि मात्र नौकरानी के मेहनताने से पैसे घर भेजना तो नामुमकिन है। इस नौकरी के लिए तुम्हारी सहमति पाते ही मैंने तुम्हारे घर 10,000 येन भेज दिए। वायदे के मुताबिक तुम्हारी तनख़्वाह 5,000 येन होगी, जिसमें खाने का ख़र्चा 2200 येन, कमरे का किराया 800 येन, बिस्तर का भाड़ा 300 येन और चूँकि मैं अपनी दुकान में तुम्हें इन्हीं कपड़ों में काम करने की इजाज़त नहीं दे सकता, इसलिए कपड़ों का ख़र्च कोई 1000 येन। कुल मिलाकर हुए 43,00 येन ... अब अगर इनको 5,000 येन में से घटा दें तो कितने बचे? अरे बाप रे! केवल 700 येन! अगर ये पैसे भी तुम अपने ऊपर ख़र्च कर डालो तो उसके बाद ठन–ठन गोपाल। फिर मैंने जो 10,000 येन तुम्हें पहले से ही उधार दे रखे हैं, उनका क्या होगा? शायद तुम कभी भी उन्हें वापस न कर पाओ। अपनी आँखों के सामने नुकसान देखते हुए भी ... नहीं, मैं ऐसा नहीं कहूँगा, आख़िर मैं भी मर्द हूँ, केवल 10,000 येन माँगे जाने पर मैं ना नहीं बोल सकता ... बहरहाल, मैं तुम्हें समझने में कतई असमर्थ हूँ। परन्तु जो लड़कियाँ ग्राहक लेती हैं, वे सभी अपने घर दो से तीन हज़ार येन हर महीने भेजती हैं। लेकिन उन लड़कियों को सफ़ाई से ज़्यादा मनोरंजन की चीज़ें पसन्द हैं – पिक्चर देखना, पाचिन्को खेलना, श्रृंगार–सामग्री ख़रीदना। ऊपर से अपनी शादी के लिए साजो–सामान इकट्ठा करने के लिए भी पैसे बचाने पड़ते हैं। इस तरह वे सारे पैसे तुरंत ख़र्च कर बैठती हैं। इस पर मैं उन्हें कहता हूँ – ‘मैं तुम्हें 3,000 येन उधार दे देता हूँ, जिसे तुम फौरन अपने माँ–बाप के लिए भेजो। माँ–बाप के प्रति अपना दायित्व न निभाने वाले लोग मुझे बिलकुल पसन्द नहीं, इसलिए अगले महीने और पैसे कमाओ। इस तरह अगर कमाने की होड़ में पीछे नहीं रहोगी तो तुम्हारी गरीबी अवश्य दूर हटेगी।’ मैं उनके भविष्य की चिन्ता करता हूँ। जो आलस्यवश घर पैसे भेजने में लापरवाही बरतती हैं, वे दूसरे महीने ही अपना पूरा पैसा ख़र्च कर बैठती हैं। इसके बावजूद मैं उन्हें उधार दे देता

हूँ क्योंकि यह मैं ज़रूरी समझता हूँ। सामाजिक दायित्व निभाने की मेरी यह आदत भले ही बुरी हो; परन्तु मुझे यह देखकर ख़राब लगता है कि माँ-बाप को पैसे भेजने के लिए वे ग्राहक लेती हैं और फिर भी पैसे भेज नहीं पातीं। कठिन है, बहुत कठिन है यह ज़िंदगी ...।''

मेरी टाँगें इतनी काँपने लगती हैं कि अब वहाँ पर खड़ा रह पाना मुश्किल हो जाता है।

''बेचारी ! यात्रा की थकान ने निढाल कर दिया है तुम्हें।'' यह कहकर मालिक ने मेरी बाँह ऐसे पकड़ी, जैसे मैं उस पर लटक गई हूँ और मुझे रसोई घर के पीछे एक छोटे-से कमरे में ले गया जिसमें कोई खिड़की भी न थी।

उस रात मेरे मन में वहाँ से भागने का ख़याल आया। मुझे मालिक से डर नहीं था बल्कि मैं अपनी 'स्वेच्छा' से भयभीत हो गई थी; परन्तु शहर एक समुद्र की तरह था जिसमें मेरा भटक जाना निश्चित ही था। मैं कितना भी तैरती, किनारे पहुँच पाना संभव न था। हाँ, डूब जाने की आशंका अवश्य थी। अगर मान भी लेती कि मैं पार कर गई हूँ तो कौन जाने वह किनारा न होकर एक दूसरा ही समुद्र होता! शहर भी समुद्र, स्टेशन का प्लेटफार्म भी समुद्र, रेलगाड़ी भी समुद्र, फैक्ट्री भी समुद्र, फिर तो ज़रूर मेरा घर भी समुद्र ...।

''अब तो दिक्कत हो गई।'' पिता बोलते।

''कंगाली में आटा गीला।'' माँ कहती।

तपेदिक से ग्रसित मेरे मजदूर पिता खाँसते-खाँसते अपने काम पर जाते हैं। चार दिन में सिर्फ़ एक दिन ही उनको काम मिल पाता है। मेरी छोटी बहनों में सबसे बड़ी के साथ हमारी माँ एक कपड़े के कारख़ाने में हाथ बँटाती है। उसके बाद बचे मेरे तीन छोटे भाई-बहन जो पूरे साल ख़ाली पेट, मुरझाए सूजे बदन आपस में झगड़ते रहते हैं। पिता की मासिक आमदनी लगभग 2,300 येन, माँ और बहन की 4,000 येन। कुल मिलाकर ये बनते हैं 6,300 येन। उस पर अगर 2,000 येन जो मैं पहले वाले कारख़ाने से भेजती थी, जोड़ लिए जाएँ तो बने 8,300 और सात सदस्यों का परिवार। ऊपर से बीच-बीच में कारख़ाने में उत्पादन कम करने के आदेशानुसार छुट्टी पर मेरे घर लौट आने से

6,300 येन में आठ लोगों को गुज़ारा करना पड़ता। कभी-कभी तो राशन मोल लाना भी मुश्किल हो जाता।

सबसे पहले दो छोटे भाइयों का स्कूल छुड़वाना पड़ा। उसके बाद घर के सामान को एक-एक कर बेचा जाने लगा। अंत में जब कुछ न बचा तो दो कमरों को विभाजित करने वाले दरवाज़ों को भी बेचना पड़ा। फलस्वरूप अंदर से घर ऐसा लगता मानो एक बुढ़िया ने अपने नकली दाँत बाहर निकाल कर रख दिए हों!

मुझे करख़ाने के सुपरवाइज़र की बात याद आ गई जो उसने मेरे घर लौटते वक्त की थी, 'अगर चाहो तो तोक्यो में मैं तुम्हारे लिए एक अच्छी नौकरी ढूँढ़ देता हूँ।'

बस, मैंने झटपट सुपरवाइज़र को पत्र लिख डाला। लगभग एक हफ़्ते बाद एक परिचय-पत्र के साथ 10,000 येन का मनी-ऑर्डर भी पहुँच गया। माँ ने झुककर प्रणाम किया और कागज़ की बनी बुद्ध-वेदी के सामने कोई घंटे भर नोटों की पूजा करती रही। जब पिताजी ने नोटों को छूने के लिए हाथ बढ़ाया तो माँ ने तीखी नज़रें डाल एक चाँटा उनके हाथ पर जमा दिया। फिर तेज़ी से घर से निकल आस-पड़ोस में गर्व से नोटों को दिखाती फिरती रही। परन्तु मैं 'के' को लिखे पत्र का जवाब न पाकर निराश थी।

''क्यों तुम और सब्र न कर सकीं'' पिताजी बोलेंगे।

''क्या तुम यह चाहती हो कि माँ-बाप मर जाएँ?'' माँ कहेगी।

मेरी छोटी बहनें थकी-भूखी आँखों से ऐसे घूरेंगी, जैसे मुझे निगल जाना चाहती हों। शहर से मेरे कमरे तक समुद्र घुस आया। मैं उसमें स्वेच्छा से डूब चुकी थी।

''इसमें मेरी ग़लती नहीं थी, थी क्या?'' कहते हुए मैं अपने शव को थपथपाती रही।

''उमेको, उमेको...'' याशिको ने हड़बड़ी में पुकारा; परन्तु मैं जवाब तो दे नहीं सकती थी।

''उमेको, क्या तुम अन्दर नहीं हो? मैं अन्दर आ रही हूँ।'' यह कहते हुए शायद उसने थोड़ा दरवाज़ा खोला और उसी मुद्रा में उल्टे पैर नीचे ऐसे भागी कि क्षण भर में ही अदृश्य हो गई।

उसके जाते ही तुरंत मालिक ऊपर आया। वह कुछ बोला नहीं परंतु आस-पास की परवाह किए बगैर जिस तरह लगातार थूक फेंक रहा था, उससे साफ पता चल रहा था कि वह गुस्से से आगबबूला है। उसके बाद डॉक्टर आया, पुलिस आई और अंत में अंत्येष्टि प्रबंधक। मालिक गुस्से में होने के बावजूद सभी आगंतुकों से एक समान शांतिपूर्वक पेश आता और हर एक को बियर थमाता जाता। परंतु लोगों के जाने के बाद जब वह अकेला हुआ तो एक भयंकर रूप धारण कर सभी को अनाप-शनाप बकने लगा। बीच-बीच में वह कराह पड़ता, मानो उसे बुख़ार हो!

''सुअर की औलाद, गाँव की छोकरियो! जान लो, मुझे इस तरह उल्लू नहीं बना सकतीं तुम। ठहरो, मैं अभी मामले की तह में जाकर दूध का दूध और पानी का पानी किए देता हूँ ...।''

तब भी मालिक ने मेरे पिता के नाम बड़े अक्षरों में एक चिट्ठी लिखी और 50,000 येन के नोट लिफ़ाफ़े में रखे।

''बेवकूफ़!'' चिल्लाते हुए उसने ज़ोर से अपना हाथ लिफ़ाफ़े पर दे मारा और खुद डाकख़ाने की तरफ चल पड़ा।

'चिट्ठी के पीछे-पीछे जाऊँ तो मैं घर पहुँच सकती हूँ,' यह सोच मैं डाकख़ाने तक मालिक के साथ-साथ गई और वहाँ से उससे विदा ली।

पूरे रास्ते चिट्ठी के साथ सफ़र करते हुए तीसरे दिन मैं अपने घर पहुँची।

घर पहले से भी छोटा और तुच्छ-सा प्रतीत हुआ। नौकरी से वंचित पिताजी सुबह से ही बिस्तर पर लेटे हुए थे। पतले कागज़ जैसा सपाट बिस्तर उनकी माली हालत दिखा रहा था। चेहरा छोटा और झुर्रियों से भरा पड़ा था। उनकी हालत इतनी बिगड़ चुकी थी कि अगर वह सांस न ले रहे होते तो जीवित कह पाना प्रायः मुश्किल ही था।

''पिताजी, अब जल्दी ही मुलाकात हो जाएगी, है न?'' यह कहना था कि पिताजी ने गहरी साँस ली और करवट बदल ली।

उसी वक्त रजिस्ट्री पहुँची। चिट्ठी पढ़े बगैर ही पिताजी की नज़रें पहले नोटों पर पड़ीं। वे थर-थर काँपने लगे। फिर, घर में चारों ओर घूमते हुए इस कदर ठहाका लगाने लगे, जैसे वे नशे में धुत हों! लगभग

तीस मिनट तक हँसने के बाद उन्होंने पत्र पढ़ा। इस बार थरथराहट के साथ वे बिस्तर पर ऐसे पड़े कि पड़े ही रह गए।

सात बजे के करीब माँ-बहन और पीछे से भाई भी भावशून्य चेहरा लिए वापस लौटे।

माँ ने पत्र पढ़ा तो अनायास ही उनकी चीख निकल गई और अब नोटों पर नज़रें पड़ते ही वे और ज़ोर से चीखने लगीं। उसने झटके से नोटों को अपनी कमरबंध में ठूँसा और भभाकर हँसती हुई बहनों के सिर पर चपत लगाने लगी।

"50,000 येन ...... कितनी गड्डियाँ होंगी इसमें? ... गिनो योशिबो ... कितनी, कितनी हुईं?... 5,000 ... अगर हम सभी रोज़ एक-एक खाएँ तो ... किमिए ज़रा भाग देकर देख... क्या? 714 ... 714 दिन! दो साल! अगर दो-दो खाएँ तो एक साल ...!"

"मेरी दवा का क्या होगा?" पिताजी ने डरते हुए कहा।

माँ ने हँसना रोक, सख़्त निगाहों से पिताजी को घूरा।

पिताजी क्षुब्ध हो खाँसते हुए बोले, "बेचारी वह बच्ची भी मर गई ...... लेकिन मानना पड़ेगा कि मालिक भी बड़ा कठोर दिल इन्सान है ..... महज़ 50,000 येन ......"

"क्या? क्या कहा तुमने पिताजी? खुद तो एक कौड़ी के लायक नहीं और बातें करते हो बड़ी ... अगर ऐसा ही है तो खुद कमा कर दिखाओ 50,000 येन। हाँ, लाओ ... अभी लाकर दिखाओ ... मुँह से कहना आसान है – 'बेचारी!' शोक करना भी ... वह मालिक ज़्यादा संवेदनशील है। 50,000 बहुत छोटी रकम है क्या? तुम्हें नहीं लगता, वह ज़्यादा करुणामई है? इतना दुःख है तो जाओ, फौरन निकलो यहाँ से और लेकर आओ 50,000। और अगर नहीं ला सके तो यहाँ अपनी शक्ल दिखाने मत लौटना! खुद तो इतने बेरहम इन्सान हो कि अभी तक सबको कष्ट दे रहे हो ...।"

माँ कमरबंध से नोटों को निकालकर बत्ती की धीमी रोशनी में फरफराते हुए सबको दिखाती है। फिर जल्दी से उन्हें वापस कमर में ठूँस कर उछलते हुए बाहर चली गई।

उस रात मेरी माँ और बहन ने तोक्यो स्थित मेरे मालिक को

धन्यवाद-पत्र लिखा और साथ में यह भी प्रस्ताव रखा कि बदले में मेरी बहन को काम मिल जाए तो बड़ी मेहरबानी होगी। और बात बन गई। पिताजी ने चुपचाप अपने पाइप की नली को कागज़ से साफ किया। भले काम में देरी कैसी? और मेरी बहन का अगली सुबह काम पर जाना तय हो गया। काफी समय बाद सबको अच्छा भोजन परोसा गया। मीसो सूप भी अच्छा-ख़ासा था और सोयाबीन का आधा-आधा टुकड़ा सबके हिस्से में था। ऊपर से बैंगन का अचार भी। सबने पेट-भर खाया। एक गठरी पास में रखे मेरी छोटी बहन थोड़ा परेशान-सी लग रही थी, अभी छोटी भी तो है, देखो, बस रोने को ही है।

"वहाँ मत जाओ!" कह कर मैं बाँहें फैलाए उसके सामने खड़ी हो गई लेकिन बहन मुझे चीरती हुई ऐसे निकल गई, जैसे मेरा वजूद हवा से अधिक न हो!

मैं याद करना चाहती थी कि आख़िर हमारी यह हालत कहाँ से शुरू हुई। दिमाग पर ज़ोर दिया तो याद आया कि इसकी शुरुआत निश्चित ही कारख़ाने से हुई थी। बस, कारख़ाना देखने की इच्छा प्रबल हो उठी।

जब मैं कारख़ाने पहुँची तो रात हो चली थी। पहाड़ी के नीचे कारख़ाना एकदम गहरी नींद में ऐसे सो रहा था, जैसे सिकुड़ गया हो! मेरे पास अपनी मोहर नहीं थी, फिर भी मुख्य द्वार से अंदर प्रवेश करने में कोई परेशानी नहीं हुई। मैं हॉस्टल के अपने कमरे में गई तो वहाँ सभी गहरी नींद सोए हुए थे। मैं भी उनके ऊपर अपना भार डालकर सो गई। तभी मेरे कान में कोई फुसफुसाया। वह तानाका थी जिसकी मृत्यु तपेदिक से हुई थी।

"सभी हैं यहाँ, योच्चान भी, मिच्चान भी, कानाए और नाच्चान भी।" वह बोली। मैंने राहत की सांस ली।

हमारे कमरे की छत से लटकता हुआ एक इतना बड़ा लाउडस्पीकर था जिसका प्रयोग प्राय: खेल-कूद की प्रतियोगिता में होती थी। सुबह के ठीक चार बजे उससे एक प्रकार का 'संगीत' बजने लगता। उसकी ध्वनि इतनी तीक्ष्ण थी कि पहले कभी शायद ही सुनी हो। चाहे कितनी भी थकान या नींद से आँखें बोझिल हों, सबकी आँखें खुल जाती थीं। इस संगीत का नाम था - 'चिड़ियाघर', जिसे एक मजदूर-प्रबंधक,

तोक्यो की प्रदर्शनी से भेंटस्वरूप ले आया था।

आख़िरकार सुबह की पहली किरण फूटी। 'चिड़ियाघर' बजने लगा। मैं घबराई। घुप्प अँधेरे गलियारे में फिसलते हुए सभी एक-दूसरे से आगे निकलने की कोशिश में थे। उन्होंने अँधेरे में ही टटोलते हुए अपने रॉलर-स्केट पहने और कंकरीट रास्ते से होते हुए कार्यस्थल के सामने लाइन बनाकर खड़े हो गए। सबसे आगे दस लोगों को नाश्ते के साथ सूप का कूपन मिल गया। मैं हमेशा इस कूपन को लेने से वंचित रह जाती थी।

तकले की आठ हज़ार परिक्रमा करनी होती थी। दस चरखियों के बीच मैं ऐसे चक्कर लगाने लगी गोया धागा जोड़ रही हूँ। और तो और, मुझे यह भी महसूस होने लगा कि मैं रॉलर-स्केट डाले हुए हूँ। कुछ देर बाद ही मेरी कमर में दर्द होने लगा, शायद मैं जल्दी-जल्दी घूम रही थी। हाँ, उनमें से कुछ लोग ऐसे भी थे जो ज़रूरत से ज़्यादा चक्कर काटने की वजह से मशीनों से टकराकर अपनी उँगलियों में घाव कर चुके थे।

आठ बजे भोजन प्रभारी हमारे खाने के डिब्बे लेकर आया। हमें बारी-बारी से खाना था। हमेशा की तरह खाते वक्त सुपरवाइज़र 'स्टॉप-वाच' लिए सबके खाने के समय पर नज़र रख रहा था। इस 'स्टॉप-वाच' से हमारे हर एक काम पर लगाए समय का हिसाब रखा जाता था। यहाँ तक कि हमारे पेशाब करने के समय का भी। यह हमें सबसे अधिक घृणास्पद बात लगती थी। इसीलिए सुपरवाइज़र का उपनाम भी 'वाच' पड़ गया था। पेशाब के लिए जाने से लेकर बाहर आने तक का समय अगर अट्ठाईस सेकण्ड से ऊपर हो जाता तो 'तेरा मूत्रद्वार कुछ अधिक संकीर्ण लगता है', सबके सामने 'वाच' का यह कह देना हमें काफी अप्रिय लगता था, इसलिए हमें हमेशा अत्यधिक तीव्रता दिखानी होती थी।

दो बजे काम खत्म हुआ। सब पसीने से लथ-पथ थे। मुँह लाल, और बुरी तरह हाँफते हुए सभी एक कतार में अपने-अपने हॉस्टल को लौट पड़े। द्वार पर रॉलर-स्केट उतार, बरामदे में एक कदम रखना था कि लाउडस्पीकर बज उठा :

'बरामदा चमकाओ! हाँ, बरामदा जो हृदय का आईना है!'

अपनी कमर झुका, घुटने को ज़मीन पर बिना टिकाए, मोम लगे कपड़े से बरामदे को रगड़ते हुए हम भोजन-कक्ष में घुसे। यह सब इतना बेमतलब लग रहा था कि मैं खड़ी हो देखती रही। प्रवेशद्वार पर एल्युमीनियम की एक बड़ी प्लेट में भात और एक छोटी प्लेट में सूखी कैटल फिश और उबली सब्ज़ी लेकर सभी अपनी-अपनी जगह बैठ गए। हम मरे लोग भी इधर-उधर सबके बीच मिलकर बैठ गए। तभी 'वाच' हमारे सामने रखी बुद्ध-वेदी का दरवाज़ा खोल घंटी बजाते हुए ऊँचे स्वर में बोला, "काम करने के साथ-साथ हम पैसे जमा कर पाते हैं और पढ़ भी पाते हैं, इसके लिए हे भगवान, हम तुम्हें धन्यवाद देते हैं।" उसके बाद हम सबने वही शब्द एक स्वर में दोहराए। परंतु अभी हम खा नहीं सकते थे। अभी तो 'वाच' को ब्लैकबौर्ड पर व्यंजन-सूची लिखनी थी। आज का भोजन:

चावल 0.126 लीटर
आटा 0.11 लीटर
तिल के तेल में पालक 50 ग्राम
सूखी कैटल फिश 8 ग्राम
एक सार्डीन मछली 80 ग्राम
कुल कैलोरी 820
प्रोटीन 50 ग्राम

आज के इस भोजन में पौष्टिकता की मात्रा दूसरे कारख़ानों की तुलना में 220 फीसदी ज़्यादा है ...।

'वाच' हमारी ओर मुड़कर बोला, "यह तो रही व्यंजन-सूची, परंतु तुम लोगों की प्लेट में सार्डीन मछली नहीं है। नहीं, नहीं, तुम्हें केवल ऐसा दिखेगा जैसे प्लेट में सार्डीन मछली नहीं है। वास्तव में मछली प्लेट में है ... इसका कारण यह है कि आज हमारी कंपनी में एक महत्वपूर्ण अतिथि पधारे हैं। इसलिए यह तय किया गया कि तुम लोगों के हिस्से की मछली मेहमान खाएँगे। मछली मेहमान ने खाई या तुमने, बात बराबर है। इसीलिए सार्डीन मछली मौजूद है तुम लोगों की प्लेट में। समझ गए न?... तो फिर, हे माता-पिता, धन्यवाद!"

"हे माता-पिता, धन्यवा ... द!"

'वाच' ने घड़ी देखना शुरू किया। जो खाते गए, 'खाना देने के लिए धन्यवाद' कहते हुए उठते गए। सबसे देर तक खाने वालों ने भी ढाई मिनट के अंदर खाना खत्म किया। सबके साथ खाने की नकल करते हुए मैं सोच रही थी–'मेहमान, मेहमान, फिर मेहमान... कहते हैं कि सार्डीन मछली मेहमान ने खाई, आख़िर वह कैसा मेहमान होगा जो अस्सी लोगों के हिस्से की मछली चट कर गया? ... अगर एक को खाने में दो मिनट भी लगे तो अस्सी मछली खाने में एक सौ पचास मिनट से ऊपर लग जाएँगे। मछुआरा भी एक बार में अस्सी मछलियाँ नहीं खा पाएगा! कोई ज़रूरत से ज़्यादा ही मोटा व्यक्ति लगता है ...

एल्युमीनियम की प्लेटें लौटाकर सब बरामदे में खड़े हुए ही थे कि लाउडस्पीकर से कुछ गाने जैसी अवाज़ आई : 'अध्ययन का समय आरंभ...आराम दु:ख की जननी है...अपने व्यक्तित्व को चमकाओ... बातें कम, काम ज़्यादा।' इसके बाद, तुरंत स्कूल शुरू हो गया। चाहे स्कूल हो या कुछ और, सब एक जैसा लगता है। पढ़ाई के समय वही हॉस्टल स्कूल में परिवर्तित हो जाता है। पहला घंटा गृह-विज्ञान का था जिसमें सबने अपने कपड़े साफ किए। फिर 'स्पीकर' से आवाज़ आई: 'साफ करो, साफ करो, अपने दिल का मैल भी साफ करो ...... ख़ास तौर से, आओ, हम कंपनी से मिली टोपी को अच्छी तरह साफ करें।'

दूसरे घंटे का पहला हिस्सा रात्रि के भोजन की तैयारी का था जिसमें हमने बर्तन धोए, सब्ज़ियाँ काटीं। बाद का हिस्सा सिलाई का था, हमने अपने बिस्तरों की मरम्मत की। तीसरा घंटा तालीम का था और सभी ने अपना-अपना कमरा, शौचालय, स्नानघर साफ किए। इस बीच 'स्पीकर' से तरह-तरह के नीति-वचन लगातार आते रहे :

'धैर्य सबसे बड़ी चीज़ है ... मनुष्य अपनी संगति से पहचाना जाता है ... बड़ों की इज़्ज़त करो ... प्रगति का सरल मार्ग ... पहले में भी ईमानदारी, दूसरे में भी ईमानदारी ... खुशकिस्मत हैं वो जो हमेशा हँसते रहते हैं ...'

व्यायाम के चौथे घंटे में हमने संगीत के साथ रॉलर-स्केट का अभ्यास किया।

रात के खाने के समय के बाद हम अपनी इच्छानुसार कार्य कर सकते थे। अगर मैं ज़िंदा होती तो यह वक्त 'के' से मिलने का था। 'के' एक सिनेमाघर में तकनीशियन था। मैं उसे बहुत चाहती थी। वह बाल छोटे रखता था। लंबा चेहरा, मोटा चश्मा पहने 'के' का व्यक्तित्व गंभीर और मर्दाना था। मुझे तो मुफ्त में ही पिक्चर दिखाता। ऐसा वेतनभोगी पुरुष तो सभी का आदर्श था, इसलिए सभी मुझसे चिढ़ते थे।

घंटी बजी और 'स्पीकर' बालेने लगा: 'सुनो सभी, यह समय तुम्हारा अपना है। गाँव में रह रहे माँ-बाप के लिए चिट्ठी लिखो; हिसाब लगाओ कि पैसे कितने इकट्ठा हुए, किताबों, पत्रिकाओं को पढ़कर अपना ज्ञान बढ़ाओ; और हो सके तो बाहर मत निकलो। जो बाहर जाए भी तो ध्यान रखे कि फालतू ख़र्चा न हो। बाहर किसी अनजान व्यक्ति से बात न करे, कितने ही अनैतिक प्रलोभन तुम्हें निशाना बनाने के लिए तैयार होंगे।'

उस दिन जब 'वाच' से गेट-पास लेकर मैं 'के' से मिलने जा रही थी और सुरक्षा संतरी मेरी तलाशी ले रहा था, उस समय लाउडस्पीकर पर यह घोषणा हो रही थी: '... पिक्चर देखकर देरी से लौटने वाले कर्मचारियों को जुर्माना भरना पड़ेगा। आठ बजे के बाद जो कर्मचारी दस मिनट की देरी से लौटेगा उसे बीस येन, बीस मिनट के बाद तीस येन और तीस मिनट की देरी होने पर पचास येन ...'

अचानक लाउडस्पीकर का स्वर बदला और घोषणा हुई: 'एम सान, आपको फैक्टरी मैनेजर की ओर से बुलावा है।' यह सुनते ही मैं रुक गई।

ओह, आख़िर मेरा भी नंबर आ गया। इस महीने एक-एक कर इसी तरह कर्मचारियों को बुलाया जा रहा था और ज़्यादातर की वहीं से छुट्टी कर दी गई थी।

मैं निराश हो मैनेजर के कमरे की तरफ जाने लगी। हॉस्टल के द्वार पर 'वाच' मेरा इंतजार कर रहा था।

"अरे जल्दी करो, अच्छे काम में देरी कैसी?" यह कहते हुए 'वाच' ने मुझे ज़ोर का धक्का देकर मैनेजर के ऑफिस में धकेल दिया।

अंदर मैनेजर फैक्टरी के किसी अतिथि से बातें कर रहा था। भव्य

कपड़ों में यह अतिथि एक दुबला-पतला नौजवान था और उस समय एक बड़ी फाइल खोले कुछ पढ़ता जा रहा था। मैनेजर उसके सामने खड़ा मुस्करा रहा था। मुझे देखते ही उसने हँसते हुए कोने में पड़ी कुर्सी पर बैठने के लिए ठोढ़ी से इशारा किया और अतिथि से मुख़ातिब होते हुए बोला, "लीजिए साहब, गाड़ी भी आ गई, कंपनी के अध्यक्ष आपकी प्रतीक्षा में होंगे।"

मैनेजर अतिथि के कंधे पर हाथ रखते हुए उसके साथ बाहर निकला और काफी देर तक न लौटा। मैंने और 'वाच' ने कोई आधे घंटे से भी ज़्यादा इन्तज़ार किया। 'वाच' ने बातचीत का सिलसिला शुरू किया, "अभी जो आदमी आया था, वह बैंक का अधिकारी है। बैंक बहुत बड़ी चीज़ है। वह अपनी वेशभूषा से ही कितना अलग लग रहा था! वाकई तोक्यो का था। 'एम' क्या तुम कभी तोक्यो गई हो?"

"नहीं।"

"नहीं?...ज़ाहिर है, नहीं गई होगी। अगर तोक्यो के पानी से कोई एक बार भी मुँह धो ले तो मैं एक नज़र में बता दूँ। हा-हा! 'एम', क्या तुम जाना चाहती हो तोक्यो?"

"हाँ, मैं जाना चाहती हूँ, परंतु अनैतिक चीज़ों से डर ..."

"अनैतिक? ... हाँ, अनैतिक चीज़ों के प्रति सतर्क तो रहना ही चाहिए। परंतु 'एम' जैसी मजबूत और समझदार इन्सान को इसकी चिन्ता नहीं करनी चाहिए। मैं ज़िम्मेदारी लेता हूँ। हाँ, सचमुच ..."

तभी मैनेजर लौट आए। मेरी ओर देख खौफ़नाक चेहरा बनाते हुए बोला, "मुसीबत हो गई, मुसीबत! अधिक उत्पादन की वजह से माल की कीमतें लगातार गिरती चली जाएँगी। बैंक वाले अपनी तरफ से पैसा उधार न देने की बेकार बहानेबाज़ी करते हैं, इससे तो कम्पनी ही डूब जाएगी।" मैनेजर लगातार सिगरेट की गहरी कश लेता और बार-बार थूकता जा रहा था। फिर थोड़ी देर मेरे चेहरे को एकटक देखते हुए बोला, "अच्छा, मना करने के बावजूद तुमने लिपिस्टिक लगाई।"

"नहीं तो!"

"झूठ बोलती हो, ये लो...इससे साफ करके दिखाओ!"

उसने कागज़ का टुकड़ा मेरी ओर बढ़ाया। मैंने कागज़ पर अपने होंठ

रगड़े और मैनेजर की ओर वापस बढ़ाया। मैनेजर ने कागज़ को रोशनी में गहराई से देखा–जाँचा। कागज़ पर लिपिस्टिक का कोई निशान न था।

मैनेजर ने थोड़ा नरम होते हुए पूछा, "फिर पैसे निकालने का कारण बताओ।"

"पिताजी को तपेदिक हो गया था।'

"और सुनने में आया है कि तुमने हाल ही में कीमती जूते ख़रीदे हैं। उसके लिए पैसे कहाँ से आए?"

"जूते सस्ते हैं। मुझे किसी ने उपहार में भेंट किए हैं।"

"भेंट किए हैं! किसने? ज़रूर कोई मर्द होगा ... तो यह बात है। क्या यह सही है? क्या तुम्हारे पिताजी ने तुम्हें इसकी इजाज़त दी? थू, नहीं!...क्या तुम्हें पता है, तुम क्या कर रही हो? कहती हो, पिताजी बीमार हैं और ऊपर से ... खुदा न खास्ता तुम्हें कुछ हो गया तो मैं उन्हें क्या जवाब दूँगा? तुम हमारे लिए काफी मुसीबतें पैदा कर रही हो। समझ नहीं आता कि तुम्हारा क्या करूँ! थू, थू! ऊपर से मैंने यह भी सुना है कि समिति की बैठक में तुम ज़रा ज़्यादा ही बोलती हो?"

"मैं माफी माँगती हूँ, मैनेजर साहब!"

"तुम्हारे इस तरह माफी माँगने पर अब मेरे लिए कुछ कहने को नहीं बचा। हा, हा, मैं जानता था कि तुम व्यवहार में बहुत सुशील हो। मेरा तुम्हें यहाँ बुलाने का मकसद डाँट–फटकार सुनाने का नहीं था। तुम्हारा हृदय कोमल है और इसलिए, (थू) तुम मेरी बात समझोगी और हमारा साथ दोगी, यह सोचकर ही ..."

इस तरह इस्तीफा के कागज़ात पर मेरे हस्ताक्षर करवा लिए गए। बाहर निकली तो 'वाच' दाँत निपोड़ते हुए बोला, "चलो, अच्छा हुआ। अब तुम बिना किसी चिंता के कोई और अच्छी नौकरी ढूँढ़ सकती हो। तोक्यो वगैरह में। तुम्हें किसी घर में नौकरानी का काम मिल सकता है। घर के कामकाज़ और व्यवहार में कुशल बनो, ढेर सारे पैसे घर भेजो, अपनी शादी के लिए साजो–सामान इकट्ठा करो। हा, हा! तुम बाद में सोचोगी कि फैक्टरी में काम कर तुमने कितनी मूर्खता की! अभी तक तुम मैनेजर के आभार से दबी कुछ कह नहीं पा रही थीं, पर अब तुम आज़ाद हो, खुलेआम कुछ भी कह सकती हो। बहरहाल, अभी तो तुम

आराम से घर जाओ। माँ से मिलो और बाद में अगर इच्छा हो तो चिट्ठी लिख देना। मैं हमेशा तुम्हारी मदद के लिए हाज़िर हूँ। हा, हा! मुझे लोगों की सेवा करने का बहुत शौक है। और फिर हॉस्टल की लड़कियाँ, जिनकी ज़िम्मेदारी मेरे ऊपर थी, उन्हें फलते-फूलते देख मुझे बहुत खुशी होती है ..."

बेवकूफ! बेवकूफ! क्या तुम वो नहीं हो जिसने मुझे नीचा दिखाया? मैंने मन-ही-मन कहा :

मैं सबके साथ सिनेमाघर गई। 'के' वहाँ नहीं था। मृत होने की वजह से मैं किसी से पूछ भी न सकी कि 'के' कहाँ गया है। अन्य दर्शकों के साथ मैंने पिक्चर देखी। पिक्चर हॉल जिंदा लोगों और उससे भी दुगुने मरे लोगों से खचाखच भरा था। मैं सोचने लगी कि अगर हम सभी मरे लोग जिंदा होते तो सिनेमाघर का कितना मुनाफा होता!

मैं हॉस्टल वापस लौट आई। वहाँ चार साल से लगातार काम कर रही हानाए सान गला फाड़कर रो रही थी।

तानाका बोली, "हमेशा की तरह अब भी काम से छँटनी का सिलसिला जारी है और सुना है कि यह महीने के आख़िर तक चलेगा ... काश, हम सभी फिर से जीवित हो जाते!

ऐसा सोचना था कि मैं अचानक तेज़ी से दौड़ने लगी। मेरे साथ योच्चान, मिच्चान, कानाएचान, नाच्चान और कई नई मरी लड़कियाँ भी, जिनको मैं नहीं जानती थी, मेरे पीछे दौड़ने लगीं।

हम मरे हुए लोग कुल बाईस थे। हमने फैक्टरी के अन्दर खूब उछल-कूद मचाई। नींद से झपकियाँ लेते गार्ड के चारों ओर हम एक-दूसरे का हाथ पकड़ घेरा बना गोल-गोल घूमने लगीं। फैक्टरी के अध्यक्ष के कमरे में, अध्यक्ष की टोपी के ऊपर, जिसे वह गलती से छोड़ गया था, हमने बारी-बारी से छलाँगें लगाईं। सुबह होने तक हम इसी तरह खूब खेलती रहीं। क्या हानाए ने सपने में हमारी आवाज़ नहीं सुनी होगी?

●●●

डा॰ उनीता सच्चिदानन्द द्वारा रूपान्तरित, अनूदित, सम्पादित व रचित और राजकमल प्रकाशन द्वारा प्रकाशित जापानी साहित्य

(मूल और अनूदित शीर्षक हिन्दी व जापानी में)

जापानी लोककथाएं : तसवीर का फेर

日本の民話:タスワィール カ フェール

1.	絵姿女房 (एसुगाता न्योबो)	1.	तसवीर का फेर (タスワィールカ フェール)
2.	猿地蔵 (सारु जिजो)	2.	नदी में देवता (ナディーメデワタ)
3.	やまた のおろち (यामाता नो ओरोची)	3.	छाए बादल (チャーエバダル)
4.	七夕 (तानावाता)	4.	तानाबाता (タナバタ)
5.	一寸法師 (इस्सुनबोशी)	5.	इस्सुन बोशी (イッスンボシ)
6.	桃太郎 (मोमोतारो)	6.	मोमोतारो (モモタロ)
7.	古屋のもり (फुरुया नो मोरी)	7.	टप-टप गुम्बा (タプタプグッムバ)

जापानी लोककथाएं :लोमड़ी की जपमाला

日本の民話:ロムリーキージャプマラー

1.	天福地福 (तेन्बुकुजिबुकु)	1.	सपना सच हुआ (サプナサッチフア)
2.	鷹 蝦 鮫 (ताका एवी सामे)	2.	बड़ा कौन (バラコウン)
3.	狐の玉 の取り合い (खित्सुने नो तामा नो तोरिआइ)	3.	लोमड़ी की जपमाला (ロムリーキー ジャプマラー)

4. 木仏長者 (किबोतोके चोजा)	4. विश्वास का बल (ウィスワース カバール)
5. 宝下駄 (ताकारा गेता)	5. लुढ़कता खड़ाऊँ (ルラクタカラウン)
6. 五得の教え (गोतोकु नो ओशिए)	6. एक एहसान बढ़ा पांच मान (エクエヘサン バラバンチマン)
7. 鴇 の卵 (तोकी नो तामागो)	7. बुज्जा का अण्डा (ブッジャーカアンダ)

पांच चोर
नीइमी नानकिचि
パンチ チョール
新美南吉

1. 花のき村と盗人たち (हानानोकिमुरा तो नुसुबितोताची)	1. पांच चोर (パンチチョール)
2. おじさんのランプ (ओजीसान नो राम्पु)	2. दादाजी की लालटेन (ダダジキラルテン)
3. ごんぎつね (गोन गित्सुने)	3. गोन लोमड़ी (ゴンロムリー)
4. 手袋 を買いに (तेबुकुरो ओ काई नी)	4. दस्ताने (ダスタネ)

मेरी दीदी: ओका शूज़ो
メリーディーディー
丘 修三 •

1. ぼくのお姉さん (बोकु नो ओनेसान)	1. मेरी दीदी (メリーディーディー)
2. 歯型	2. दांतों के निशान

(हागाता)	(ダントウケーニシャン)
3. 首かざり (कूबी काज़ारी)	3. माला (マラー)

वाशिंगटन पोस्टमार्च: ओका शूज़ो *

ワシングトンポスト. マーチ

丘 修三

1. あざ (आज़ा)	1. नीले धब्बे (ニレーダッペ)
2. こおろぎ (कोओरोगी)	2. झींगुर (ジーングル)
3. ワシントンポスト マーチ (वाशिनटोन पोसुतोमाचि)	3. वाशिंगटन पोस्टमार्च (ワシングトンポスト マーチ)

* अनुवाद योशिको ओकागुची , सम्पादन: डा॰ उनीता सच्चिदानन्द

राक्षस फूट-फूट कर रोया

हामादा हिरोसुके, त्सुबोता जोजी ,मुशानोकोजी सानेआत्सु,

ラクシャシ フートフート カルロヤ

浜田廣介, 坪田譲治, 武者小路実篤

1. 泣いた赤鬼 (नाइता आका ओनी)	1. राक्षस फूटफूट कर रोया (ラクシャシフートフートカルロヤ)
2. ある島の狐 (आरु शिमा नो खित्सुने)	2. एक द्वीप की लोमड़ी (エクデュイーブキロムリー)
3. 狐解葡萄 (खित्सुने तो बुदो)	3. लोमड़ी और अंगूर (ロムリーオウルアングール)
4. 小学生と狐 (श्योगाकुसेइ तो खित्सुने)	4. लोमड़ी की सीख (ロムリーキシーク)

जलपरी

ओगावा मिमेइ, शिमाज़ाकी तोसोन, कोजिमा मासाजिरो

ジャルパリー

小川未明, 島崎藤村,小島政二郎

1.	赤いろうそくと人形 (आकाइ रोसोकु तो निन्ग्यो)	1.	जलपरी (ジャルパリー)
2.	殿様の茶碗 तोनोसामा नो चावान)	2.	कटोरी (カトリー)
3.	二人の兄弟 (फुतारी नो क्योदाइ)	3.	दो भाई (ドバイー)
4.	笛 (फुए)	4.	वांसुरी (バンスリー)

जंगली गुलाब

मियाज़ावा केन्जी , आवा नावाको , ओगावा मिमेइ

ジャンギリーグラブ

小川未明, 宮沢賢治, 安房直子

1.	野ばら (नोबारा)	1.	जंगली गुलाब (ジャンギリーグラブ)
2.	白い門のある家 (शिरोइ मोन नो आरु इए)	2.	सफेद फाटक का एक घर (サフェーデュファタクカエクガール)
3.	月夜と眼鏡 (त्सुकियो तो मेगाने)	3.	चांदनी रात और चश्मा (チャンドニラートオウルチャシマ)
4.	眠い町 (नेमुइ माची)	4.	उनींदा शहर (ウニンダシェヘル)
5.	注文の多い料理店 (चूमोन नो ओइ रयोरितेन)	5.	अनन्त फ़रमाइशों का भोजनालय (アナントファルマイ

ショカボジナラヤ)

6.	どんぐりと山猫 (दोनगुरि तो यामानेको)	6.	बन बिलाव (バンビラウ)
7.	狐の窓 (खित्सुने नो मादो)		लोमड़ी की खिड़की (ロムリーキキルキー)

नाक बनी मुसीबत

शिगा नाओया, आकुतागावा र्यूनोसुके, आरिशिमा ताकेओ, मात्सुतानी मियोको

ナクバニムシーバト

志賀直哉,
芥川龍之介, 有島武郎, 松谷みよこ

1.	小僧の神様 (कोज़ो नो कामीसामा)	1.	नन्हे का भगवान (ナンヘカバグワン)
2.	城の崎にて (किनोसाकी निते)	2.	किनोसाकी से (キノサキーセ)
3.	鼻 (हाना)	3.	नाक बनी मुसीबत (ナクバニムシーバト)
4.	一房の葡萄 (हितोफुसा नो बुदो)	4.	अंगूर का एक गुच्छा (アングールカエクグッチャ)
5.	黒猫四代 (कुरोनेको योन्दाइ)	5.	एक और काली बिल्ली (エクオウルカリービッリー)

मृतात्मा का गीत

आबे कोबो, साता इनेको, हायाशी फुमिको

ミリッタトマカギート

安部公房, 佐多稲子, 林富美子

1.	キャラメル工場から (क्यारामेरु कोजो कारा)	1.	कैरैमल कारखाने से (ケレマルカールカーネセー)

2. 死んだ娘が歌った
शिन्दा मुसुगे गा उतात्ता)

2. मृतात्मा का गीत
(ミリッタトマ
カギート)

3. ふうきんと魚の町
(फूकिन तो उओ नो माची)

3. अका र्डियन
(アコルディヤン)

हथेली-भर कहांनियां

कावाबाता यासुनारी *

ハテリーバールカハニヤン

川端康成

1. 秋の雨
(आकी नो आमे)

1. पतझड़ की बारिश
(パトジャルキバ
リシュ)

2. さざん花
(साज़ान्का)

2. पुनर्जन्म
(プナルジャンム)

3. 有難う
(आरीगातो)

3. धन्यवाद
(ダニヤバード)

4. 日向
(हिनाता)

4. धूप
(ドゥープ)

5. 不死
(फुशी)

5. अमर
(アマル)

6. 母の眼
(हाहा नो मे)

6. दृष्टि
(ディリシティー)

7. 玉台
(तामादाइ)

7. बिलियर्ड्स
(ビリヤード)

8. 雀の媒酌
(सुज़ुमे नो बाइशाकू)

8. बिचौलिया
(ビチョリヤ)

9. 夏の靴
(नात्सु नो कुत्सु)

9. जूते
(ジューテ)

10 歴史
(रेकिशि)

10. इतिहास
(イティハス)

11. 胡 子盗人

11. चोर

	(गुमी नुसुबितो)	(チョール)
12.	夜天の微笑 (यातेन नो बिशो)	12. मुसकान (ムスカン)
13.	雨傘 (आमागासा)	13. छाता (チャター)
14.	顔 (काओ)	14. चेहरा (チェヘラ)
15.	喧嘩 (केन्का)	15. झगड़े (ジャグレ)

* संकलन व सम्पादन: डा॰ उनीता सच्चिदानन्द

जापानी साहित्य दर्शन : मेइजी से शोवा तक

日本文学の旅: 明治から昭和まで

राशोमोन एवं अन्य कहानियां : आकुतागावा रयूनोसुके

ラショモンエワムアンヤカハニヤン

芥川龍之介

1.	羅生門 (राशोमोन)	1. राशोमोन (ラショモン)
2.	蜜柑 (मिकान)	2. संतरे (サンタレ)
3.	蜘蛛の糸 (कुमो नो इतो)	3. मकड़ी के जाल का एक तार (マカリケジャルカエクタール)
4.	杜子春 (तोशिशुन)	4. तोशिशुन (トシシュン)
5.	白 (शिरो)	5. शिरो (シロ)

सानशोदायु : मोरी ओगाई
サンショウダユ: 森 鴎外

1.	山 सानशोदायु	1.	सानशोदायु (サンショウダユ)
2.	高瀬舟 (ताकासेबुने)	2.	अंधेरे में एक नाव चलती थी (アンデレメエクナウチャルティーティー)
3.	最後の一句 (साइगो नो इक्कु)	3.	आखिरी पंक्ति (アキリパンクティ)

बिन कान का होइची
कोइज़ुमी याकुमो
ビンカンカホイチ
小泉八雲

1.	耳なし芳一のはなし (मिमिनाशि होइची नो हानाशी)	1.	बिन कान का होइची (ビンカンカホイチ)
2.	雪おんな (युकि ओन्ना)	2.	बर्फ़ सुन्दरी (バルフスンダリー)
3.	ものを言うふとん (मोनो ओ इउ फुतोन)	3.	बच्चों की रज़ाई (バッチョンーキラシャーイ)
4.	宝石の涙 (होसेकी नो नामिदा)	4.	आंसू बने मोती (アンスーバネモティー)
5.	みずな (मिज़ुना)	5.	कुनीज़ाका की ढलान (クニザカキダラン)
6.	かたい約束 (काताइ याकुसोकु)	6.	सोएमोन भूला नहीं (ソエモンブーラナヒン)